大悦读® 感恩系列
GANENXILIE

感恩自然

GANEN ZIRAN

——有一种气度叫滋养万物

李凤香◎主编

吉林大学出版社

图书在版编目（CIP）数据

感恩自然/李凤香主编 . —长春：吉林大学出版社，
2011.9（2019.1重印）

（语文新课标必读/黄宝国等主编）

ISBN 978-7-5601-7494-5

Ⅰ.①感… Ⅱ.①李… Ⅲ.①故事—作品集—世界
Ⅳ.①I14

中国版本图书馆 CIP 数据核字（2011）第 130433 号

书　　名：感恩自然

主　　编：李凤香

责任编辑：李国宏

责任校对：赵雪君

封面设计：煊坤博文

出版发行：吉林大学出版社

社　　址：长春市明德路 501 号

邮　　编：130021　　发行部电话：0431－89580026/28/29

网　　址：http：//www. jlup. com. cn　E-mail：jlup@mail. jlu. edu. cn

印　　刷：三河市华晨印务有限公司

开　　本：170mm×240mm　1/16

印　　张：11.5

字　　数：160 千字

版　　次：2011 年 9 月　第 1 版

印　　次：2019 年 1 月　第 9 次印刷

书　　号：ISBN 978-7-5601-7494-5

定　　价：33.80 元

前言

感恩，是心灵里开出的一株花，"感"是茎叶，"恩"是花朵。人人心存感恩，心灵便百花满园，世间便处处花香。

感恩父母，给了我们奇妙无比的生命，从呱呱坠地到走向成熟，伴随着父爱和母爱的阳光雨露。父爱，似一坛陈年老酒，历久弥香，醇厚绵长。母爱，似一首江南吴歌，柔和婉润，萦绕心田。感恩父母，让我们拥有绚丽多彩的人生，在泪水中映照欢笑，在挫折时拥有勇气，在成功后继续前行。

感恩老师，给予我们翱翔穹宇的翅膀，从懵懂顽童到天之骄子，伴随着每届老师的春风化雨般的爱。一段师爱，就是一段心灵深处的洗礼，似拂尘清扫尘埃，让我们如醍醐灌顶，甘露洒心。一段师爱，就是一段刻骨铭心的记忆，任时间雕刻岁月，花开花落更珍惜。感恩老师，甘做人梯，翘首等待花开的时节。

感恩朋友，给予我们高山流水的情谊，从管鲍之交到桃园结义，伴随着人性之间的完美特质。一种友情如大海，波澜壮阔，感天动地。一种友情如小溪，细水长流，滋润心田。一种友情如

磐石,历经风雨,依然屹立。一种友情如水滴,以柔克刚,滴水穿石。友情如细雨,绵绵惬意,友情如春风,唤醒大地。

感恩生活,给予我们酸甜苦辣的滋味。从萍水相逢到相熟相知,伴随着人生舞台的千姿百态。感恩生活,给予我们磨炼,才使我们生命的春光美丽无比。感恩生活,给予我们挫折,才使我们折断的翅膀续接希望。感恩生活,给予我们梦想,才让我们生命的尽头永远拥有曙光。感恩生活,给予我们美好,才使我们心中处处是天堂。

感恩社会,给予我们火炼水淬的煅造,从人间大爱到一个微笑,伴随着多少海纳百川的情怀关照。感恩社会,给予我们仁爱,让生活处处可见花开。感恩社会,给予我们团结,让我们的生活少些争吵和冷漠。

感恩社会,给予我们温暖,让大雪纷纷的夜晚不再孤单。感恩社会,给予我们理解,让人生永远得到关爱。

感恩自然,给予我们赖以生存的环境,从凄凄芳草到苍穹雄鹰,呈现出生生不息的自然胜景。感恩自然,给予我们无私的馈赠,从天空到大地,从湖泊到海洋,包罗万象。感恩自然,给予我们心灵的惩罚,从羚羊的跪拜到骆驼的眼泪,从动物诱杀到美国黑风暴,让我们认识到人和自然的和谐之道。

学会感恩,人生之道。

编　者

第一辑 聆听春天

至于所有的花，已交给蝴蝶去点数；所有的蕊，交给蜜蜂去编册；所有的树，交给风去纵宠。而风，交给檐前的老风铃去——记忆，一一垂询。

第二辑　黑色郁金香

郁金香的重新发芽使人们相信，不管经历了多大的苦难，世上仍然会有快乐；不管经历了多少危难，人间仍然会有新的生活；春风会吹散天空中的阴霾，郁金香依然会从废墟中破土重生，开出娇艳的花朵。

第三辑　五月，花开为谁

人类活动改变了自然界的生态平衡，过度地砍伐森林，过度地放牧，肆意地将草原变成耕地，虽然在短时间内使人类取得了巨大的经济效益，但是却为人类自己埋下了无穷的生存隐患。

第四辑　生命传递的悲壮

生命是珍贵的，人类渴望生命，其他生物又何尝不是呢？我们崇拜为人类延续生命的母亲；我们也钦佩为生物延续生命的母亲。它们甚至比人类更伟大，更令人佩服，更令人动容！

第五辑　和猛兽一起生活

远处的高山，神秘、朦胧、安详，一种诱惑向你袭来，如同徜徉在梦境。清风掠动月色，泉水呢喃不息，萤火飘忽不定，孩子们追逐萤火的足音响远又响近。众鸟已入梦，唯夜莺浮在月光海上……

第六辑　感谢自然，珍惜家园

　　雨是世间万物一切生命之源。因为有了雨，灯香的种子，你追我赶地钻出地面，用两枚触须般的细叶，感受着新的世界的快乐和神奇。因为有了雨，世间就充满了生机与活力。雨，看似微不足道，却有着如此神奇的魔力，它滋润着世间万物。

第一辑
聆听春天

至于所有的花，已交给蝴蝶去点数；所有的蕊，交给蜜蜂去编册；所有的树，已交给风去纵宠。而风，已交给檐前的老风铃去——记忆，——垂询。

一年之际在于春。冰消、雪融，经过一冬的赋闲与企盼，终于有耕犁耙过田间。泥土疏松潮湿，如果仔细聆听，还可以听到"嗞嗞"的声音，这是大地的感恩、春的召唤。撒在田间的种子，又何尝不是一种观望与等待。

聆听春天

方益松

我生活的这个南方的都市，从温度上来说，春天的概念总是很模糊。刚脱下棉衣，不过一个多月的光景，似乎，一不经意间，就要迫不及待的穿上衬衫了。春天，于城市中的我来说，无非是道路两旁树叶的由枯到荣，小区草坪的由黄变绿，城市中的季节变换，仅仅是视觉上的感受，聆听不到春天的声音。于是，总也忘不了田野间的春天。

"布谷、布谷"，当催春的布谷在田野上低低飞过，便有惊雷乍响，唤醒了沉睡一冬的大地与蛰伏的生物。冰冻的河流渐渐苏醒，春天迈着浅绿鹅黄的脚步，小姑娘般，深情地，款款走来了。

闭上眼，脑海里总有这样的画卷，逐渐清晰并铺展开来。天高、云淡，空旷的田野，和风拂面。野草泼辣地生着、野花如繁星般点缀着大地。在虫儿的呢喃声中，倘若静下心来，你可以感受到麦苗拔节的声音。远远的，一树一树的柳枝，冒出了黄黄绿绿的嫩芽，一片一片的油菜花，疯开了黄灿灿的一片。竹林中的春笋，争先恐后，探出尖尖的脑门，一棵棵、一簇簇。山前屋后，桃花、杏

花也摇曳了一树粉红、雪白，引来满枝蝶飞蜂舞，爱美的人儿，掐一朵，别在发间，便有清香萦绕，令人陶醉。

春天，最容易别离，也最适宜相思。唤着儿子的乳名，是母亲的殷殷盼归与两行浊泪；纳一双千层底，是妻子对出门在外的丈夫一种厚厚的叮咛。远山若现、田野尽隐。"随风潜入夜，润物细无声。"这是杜甫的诗句。淅淅沥沥的是贵如油的春雨呀，如丝如雾，密密斜织了远方游子的思绪与柔情，心坎里不禁泛起了思乡的愁绪，继而渐渐潮湿起来，形成了一片感念的海。原来，许多年，我一直没有走出乡村的牵挂，更走不出那种黄黄绿绿的田野间的记忆。

"几处早莺争暖树，谁家新燕啄春泥"。噗噜噜，在我脑海中，总有鸟雀们在菜花上空追逐盘旋，鸣叫声悠扬啼啭。黑白相间的燕子此时早已飞回老屋的木梁，"啾啾、啾啾"，拖儿携女，衔来了春泥。最开心的当数儿童，折一截柳枝，抽出雪白的茎，吹响了阔别一冬的柳笛，声音悠扬、久远。那，不就是若干年前的我吗？不远处，是头上别着野花的大姑娘、小媳妇在畦垄田间割野菜。嬉闹，追逐，银铃般的欢声笑语在田野间久久回荡。

一年之际在于春。冰消、雪融，经过一冬的赋闲与企盼，终于有耕犁耙过田间。泥土疏松潮湿，如果仔细聆听，还可以听到"嗞嗞"的声音，这是大地的感恩、春的召唤。撒在田间的种子，又何尝不是一种观望与等待。累了，蹲下来，吧唧吧唧吸上一袋旱烟，眯上眼，看烟雾缭绕，冉冉地飘向空中。春天，对于朴实的农民来说，深耕密植全是一种希望，只盼今年能够风调雨顺，到秋来方有大堆大堆的谷子进仓，大叠大叠的钞票可数。

春天，总是蕴蓄了土地的呢喃与叮嘱。聆听春天，就是聆听希

望的脚步。聆听春天，就是等待沉甸甸的收获。

感恩寄语

春天是一年的开始，寄托了希望与期盼，春天是个多梦的季节，他让人们播种希望的种子。

一年之计在于春，春天让大地变绿，让万物复苏。百花争艳，鸟雀歌鸣，多么美好的春天景象。

每当在秋收时节大堆大堆的谷子进仓时、大叠大叠的钞票装进腰包时，还有多少人在回忆春天的美好呢？其实，在这个时候我们最应该感谢的就是春天，是她告诉我们何时该播种，何时该收获。

让我们用自己的双手编织属于我们自己的春天吧。

几只鹰转瞬间已飞出很远。在天空中，仍旧是我们所见的那种样子，翅膀凝住不动，刺入云层，如锋利的刀剑。

班公湖边的鹰

王　族

几只鹰在山坡上慢慢爬动着。第一次见到爬行的鹰，我有些好奇，于是便尾随其后，想探寻个仔细。它们爬过的地方，沙土被沾湿了。回头一看，湿湿的痕迹一直从班公湖边延伸过来，在晨光里像一条明净的布条。我想，鹰可能在湖中游水或者洗澡了。高原七月飞雪，湖水一夜间便可结冰；这时若是有胆下湖，顷刻间肯定叫你爬不上岸。

班公湖是个奇迹。在海拔四五千米的高原上，粗糙的山峰环绕起伏，幽蓝的湖泊在中间安然偃卧。与干燥苍凉的高原相对比，这个不大的湖显得很美。太阳已经升起来了，湖面便扩散和聚拢着片片刺目的光亮。远远地，人更被这片光亮裹住，有眩晕之感。

而这几只鹰已经离开了班公湖，正在往一座山的顶部爬着。平时所见的鹰都是高高在上，在蓝天中飞翔。它们的翅膀凝住不动，像尖利的刀剑，沉沉地刺入远天。人不可能接近鹰，所以鹰对于人来说，是一种精神的依靠。据说，西藏的鹰来自雅鲁藏布江大峡谷，它们在江水激荡的涛声里长大，在内心听惯了大峡谷的音乐，因而形成了一种要永远飞翔的习性。它们长大以后，从故乡的音乐之中翩翩而起，向远处飞翔。大峡谷在它们身后渐渐疏远，随之出

现的就是无比高阔遥远的高原。它们苦苦地飞翔，苦苦地寻觅故乡飘远的音乐……在狂风大雪和如血的夕阳中，它们获取了飞翔的自由和欢乐；它们在寻找中变得更加消瘦，思念与日俱增，爱变成了没有尽头的苦旅。

而现在，几只爬行的鹰散瘫在地上，臃肿的躯体在缓慢地挪动，翅膀散开着，拖在身后，像一件多余的东西。细看，它们翅膀上的羽毛稀疏而又粗糙，上面淤积着厚厚的污垢。羽毛的根部，半褐半赤的粗皮在堆积。没有羽毛的地方，裸露着红红的皮肤，像是刚刚被刀剃开的一样。已经很长时间了，晨光也变得越来越明亮，但它们的眼睛全都闭着，头颅缩了回去，显得麻木而沉重。

几只鹰就这样缓缓地向上爬着。这应该是几只浑身落满了岁月尘灰的鹰，只有在低处，我们才能看见它们苦难与艰辛的一面。人不能上升到天空，只能在大地上安居，而以天空为家园的鹰一旦从天空降落，就必然要变得艰难困苦吗？

我跟在它们后面，一旦伸手就可以将它们捉住，但我没有那样做。几只陷入苦难中的鹰，是与不幸的人一样的。

一只鹰在努力往上爬的时候，显得吃力，以致爬了好几次，仍不能攀上那块不大的石头。我真想伸出手推它一把，而就在这一刻，我看到了它眼中的泪水。鹰的泪水，是多么屈辱而又坚忍啊，那分明是陷入千万次苦难也不会止息的坚强。

几十分钟后，几只鹰终于爬上了山顶。

它们慢慢靠拢，一起爬上一块平坦的石头，然后，它们停住了。过了一会儿，它们慢慢开始动了——敛翅、挺颈、抬头，站立起来。片刻之后，忽然一跃而起，直直地飞了出去。

它们飞走了。不，是射出去了。几只鹰在一瞬间，恍若身体内部的力量迸发了一般，把自己射出去了。

太伟大了，完全出乎我的意料。

几只鹰转瞬间已飞出很远。在天空中，仍旧是我们所见的那种样子，翅膀凝住不动，刺入云层，如锋利的刀剑。

远处是更宽阔的天空，它们直直地飞掠而入，班公湖和众山峰皆在它们的翅下。

这就是神遇啊！

我脚边有几根它们掉落的羽毛，我捡起，紧紧抓在手中。

下山时，我泪流满面。

鹰是从高处起飞的。

感恩寄语

天高任鸟飞，不是所有的鸟都能在浩瀚的天际里翱翔的，只有雄鹰，它才是天空中的王者，用犀利的双眼俯察地上的万物。自从被赋予生命的那一刻起，就注定了它的一生属于蓝天。飞翔在高空的专利是幼鹰在无数次被抛下悬崖深渊的瞬间练就的。为了让几个月大的小鹰学会飞翔，老鹰就抓起羽翼日渐丰满的小鹰飞上高空，然后突然松开爪子，将小鹰抛下，从高空到悬崖的谷底，不过是十多秒的时间，但是却成了小鹰生死存亡的瞬间，在这个过程中，约有三分之二的小鹰被活活摔死，只有很小的一部分才能展开翅膀借助于风力学会飞翔，从此，它们的生命就永远属于蓝天了。即使你偶然看到它们在地面走动的身影，那也是它们在作短暂的休整，以便让自己飞得更高更远，无论是暴风骤雨，还是炎炎烈日，它们永远都保持着王者的风范。

> 我没有想到，在面临种群灭绝的关键时刻，斑羚群竟然想出牺牲一半挽救另一半的办法来赢得种群的生存机会。我没想到，老斑羚们会那么从容地走向死亡。

斑羚飞渡

沈石溪

我们猎手队分成好几个小组，在猎狗的帮助下，把七八十只斑羚逼到戛洛山的伤心崖上。

伤心崖是戛洛山的一座山峰，像被一把利斧从中间剖开，从山底下的流沙河抬头往上看，宛如一线天。隔河对峙的两座山峰相距约六米左右，两座山都是笔直的绝壁。斑羚虽有肌腱发达的四条长腿，极善跳跃，是食草类动物中的跳远冠军，但就像人跳远有极限一样，在同一水平线上，健壮的公斑羚最多只能跳出五米远，母斑羚、小斑羚和老斑羚只能跳出四米左右，而能一跳跳过六米宽的山涧的超级斑羚还没有生出来呢。

开始，斑羚们发现自己陷入了进退维谷的绝境，一片惊慌，胡乱窜跳。有一只老斑羚不知是老眼昏花没有测准距离，还是故意要逞能，竟退后十几步一阵快跑奋力起跳，想跳过六米宽的山涧，结果在距离对面山峰还有一米多的空中哀咩一声，像颗流星似的笔直坠落下去，好一会儿，悬崖下才传来扑通的落水声。

过了一会儿，斑羚群渐渐安静下来，所有的目光集中在一只身材特别高大、毛色深棕油光水滑的公斑羚身上，似乎在等候这只公

斑羚拿出使整个种群能免遭灭绝的好办法来。毫无疑问，这只公斑羚是这群斑羚的头羊，它头上的角像两把镰刀。镰刀头羊神态庄重地沿着悬崖巡视了一圈，抬头仰望雨后湛蓝的苍穹，悲哀地咩了数声，表示也无能为力。

斑羚群又骚动起来。这时，被雨洗得一尘不染的天空突然出现一道彩虹，一头连着伤心崖，另一头飞越山涧，连着对面的那座山峰，就像突然间架起了一座美丽的天桥。斑羚们凝望着彩虹，有一头灰黑色的母斑羚举步向彩虹走去，神情缥缈，似乎已进入了某种幻觉状态。也许，它们确实因为神经高度紧张而误以为那道虚幻的彩虹是一座实实在在的桥，可以通向生的彼岸。

灰黑色母斑羚的身体已经笼罩在彩虹眩目的斑斓光谱里，眼看就要一脚踩进深渊去，突然，镰刀头羊"咩咩"发出吼叫。这叫声与我平常听到的羊叫迥然不同，没有柔和的颤音，没有甜腻的媚态，也没有绝望的叹息，音调虽然也保持了羊一贯的平和，但沉郁有力，透露出某种坚定不移的决心。

随着镰刀头羊的那声吼叫，灰黑色母斑羚如梦初醒，从悬崖边缘退了回来。

随着镰刀头羊的那声吼叫，整个斑羚群迅速分成两拨，老年斑羚为一拨，年轻斑羚为一拨。在老年斑羚队伍里，有公斑羚，也有母斑羚；在年轻斑羚队伍里，年龄参差不齐，有身强力壮的中年斑羚，也有刚刚踏入成年斑羚行列的大斑羚，还有稚气未脱的小斑羚。两拨分开后，老年斑羚的数量比年轻斑羚那拨还少十来只。镰刀头羊本来站在年轻斑羚那拨里，眼光在两拨斑羚间转了几个来回，悲怆地轻咩了一声，迈着沉重的步伐走到老年斑羚那一拨去了。有几只中年斑羚跟着镰刀头羊，也自动从年轻斑羚那拨里走

出来，进入老年斑羚的队伍。这么一来，两拨斑羚的数量大致均衡了。

就在这时，我看见，从那拨老斑羚里走出一只公斑羚来。公斑羚朝那拨年轻斑羚示意性地咩了一声，一只半大斑羚应声走了出来。一老一少走到了伤心崖，后退了几步，突然，半大的斑羚朝前飞奔起来，差不多同时，老斑羚也快速起跑，半大的斑羚跑到悬崖边缘，纵身一跃，朝山涧对面跳去；老斑羚紧跟在半大斑羚后面，头一勾，也从悬崖上窜跃出去：这一老一少跳跃的时间稍分先后，跳跃的幅度也略有差异，半大斑羚角度稍高些，老斑羚角度稍低些，等于是一前一后，一高一低。我吃了一惊，怎么，自杀也要老少结成对子，一对一去死吗？这只半大斑羚和这只老斑羚除非插上翅膀，否则绝对不可能跳到对面那座山崖上去！突然，一个我做梦都想不到的镜头出现了，老斑羚凭着娴熟的跳跃技巧，在半大斑羚从最高点往下落的瞬间，身体出现在半大斑羚的蹄下。老斑羚的跳跃能力显然要比半大斑羚略胜一筹，当它的身体出现在半大斑羚的蹄下时，刚好处在跳跃弧线的最高点，就像两艘宇宙飞船在空中完成了对接一样，半大斑羚的四只蹄子在老斑羚宽阔结实的背上猛蹬了一下，就像踏在一块跳板上，它在空中再度起跳，下坠的身体奇迹般地再度升高。而老斑羚就像燃料已输送完了的火箭残壳自动脱离宇宙飞船，不，比火箭残壳更悲惨，在半大斑羚的猛力踢蹬下，像只突然断翅的鸟笔直坠落下去。这半大斑羚的第二次跳跃力度虽然不如第一次，高度也只有地面跳跃的一半，但足够跨越剩下的最后两米路程了。瞬间，只见半大斑羚轻巧地落在了对面山峰上，兴奋地咩叫了一声，钻到磐石后面不见了。

试跳成功。紧接着，一对对斑羚凌空跃起，在山涧上空画出了一道道令人眼花缭乱的弧线。每一只年轻斑羚的成功飞渡，都意味着有一只老年斑羚摔得粉身碎骨。

山涧上空，和那道彩虹平行，又架起了一座桥，那是一座用死亡做桥墩架起来的桥。没有拥挤，没有争夺，秩序井然，快速飞渡。我十分注意地盯着那群要送死的老斑羚，心想，或许个别滑头的老斑羚会从注定死亡的那拨偷偷溜到新生的那拨去，但让我震惊的是，从头至尾没有一只老斑羚调换位置。

它们心甘情愿用生命为下一代搭起一条生存的道路。

绝大部分老斑羚都用高超的跳跃技艺，帮助年轻斑羚平安地飞渡到对岸的山峰。只有一只衰老的母斑羚，在和一只小斑羚空中衔接时，大概力不从心，没能让小斑羚踩上自己的背，一老一小一起坠进了深渊。

我没有想到，在面临种群灭绝的关键时刻，斑羚群竟然想出牺牲一半挽救另一半的办法来赢得种群的生存机会。我没想到，老斑羚们会那么从容地走向死亡。

我看得目瞪口呆，所有的猎人都看得目瞪口呆，连狗也惊讶地张大嘴，伸出了长长的舌头叫。

最后伤心崖上只剩下那只成功指挥了这群斑羚集体飞渡的镰刀头羊。这群斑羚不是偶数，恰恰是奇数。镰刀头羊孤零零地站在山峰上，既没有年轻的斑羚需要它做空中垫脚石飞到对岸去，也没有谁来帮它飞渡。只见它迈着坚定的步伐，走向那道绚丽的彩虹。弯弯的彩虹一头连着伤心崖，一头连着对岸的山峰，像一座美丽的桥。

它走了上去，消失在一片灿烂中。

在某一时刻，自然界发生了让猎人们目瞪口呆的一幕，一群斑羚被猎人们追到了走投无路的悬崖边上，短暂的惊吓和慌乱过后，一种相互会意的眼神在它们之间传递着。突然，它们自觉地列成了两排，一只年轻的斑羚纵身一跃，跳出了悬崖边，另一边年老的斑羚接着跳出，年轻斑羚的双脚正好落在年老的斑羚背上，并以此为踏板，纵身一蹬，成功地飞过了单靠自己无法逾越的山涧，逃脱了猎人的追杀。毫无疑问，所有年老的斑羚都摔死在了山涧，所有年轻的斑羚都获得了新的生命，从而保证了整个斑羚种群的延续。年老的斑羚在赴死时是那样的从容，而生命得以延续的年轻斑羚是那样的坦然。这是一种什么样的精神？这是一种牺牲个人生命赢得集体利益的奉献精神，是生命的奉献，为短暂的生命谱写了难忘的续曲。人类同样也需要这种精神，这种精神的传承是人类得以生生不息的保证。

这时候，老猎人才明白为什么那只藏羚羊的身体肥肥壮壮的，也才明白它为什么要弯下笨重的身子为自己下跪，它是在求猎人留下自己孩子的一条命呀！

藏羚羊跪拜

王宗仁

这是听来的一个西藏故事。发生故事的年代距今有好些年了。可是，我每次乘车穿过藏北无人区时，总会不由自主地想起这个故事的主人公——那只将母爱浓缩于深深一跪的藏羚羊。

那时候，枪杀、乱逮野生动物是不受法律惩罚的。就是在今天，可可西里的枪声仍然带着罪恶的余音低回在自然保护区巡视卫士们的脚印难以到达的角落。

当年举目可见的藏羚羊、野驴、雪鸡、黄羊等，眼下已经成为凤毛麟角了。当时，经常跑藏北的人总能看见一个肩披长发，留着浓密大胡子，脚蹬长统藏靴的老猎人在青藏公路附近活动。那支磨蹭得油光闪亮的权子枪斜挂在他身上，身后的两头藏牦牛驮着沉甸甸的各种猎物。他无名无姓，云游四方，朝别藏北雪，夜宿江河源，饿时大火煮黄羊肉，渴时一碗冰雪水。猎获的那些皮毛自然会卖一笔钱，他除了自己消费一部分外，更多地用来救济路遇的朝圣者。那些磕长头去拉萨朝觐的藏家人心甘情愿地走一条布满艰难和险情的漫漫长路。每次老猎人在救济他们时总是含泪祝愿：上苍保佑，平安无事。杀生和慈善在老猎人身上共存。他放下手中的权

子枪是在发生了这样一件事以后——应该说那天是他很有福气的日子。

　　大清早，他从帐篷里出来，伸伸懒腰，正准备要喝一铜碗酥油茶时，突然瞅见两步之遥对面的草坡上站立着一只肥肥壮壮的藏羚羊。他眼睛一亮，送上门来的美事！沉睡了一夜的他浑身立即涌上来一股清爽的劲头，丝毫没有犹豫，就转身回到帐篷拿来了权子枪。他举枪瞄了起来，奇怪的是，那只肥壮的藏羚羊并没有逃走，只是用企求的眼神望着他，然后冲着他前行两步，两条前腿扑通一声跪了下来。与此同时只见两行长泪从它眼里流了出来。老猎人的心头一软，扣扳机的手不由得松了一下。藏区流行着一句老幼皆知的俗语："天上飞的鸟，地上跑的鼠，都是通人性的。"此时藏羚羊给他下跪自然是求他饶命了。他是个猎手，不怜悯藏羚羊是情理之中的事。他双眼一闭，扳机在手指下一动，枪声响起，那只藏羚羊便栽倒在地。它倒地后仍是跪卧的姿势，眼里的两行泪迹也清晰地留着。

　　那天，老猎人没有像往日那样当即将猎获的藏羚羊开膛、扒皮。他的眼前老是浮现着给他跪拜的那只藏羚羊。他觉得有些蹊跷，藏羚羊为什么要下跪？这是他几十年狩猎生涯中唯一一次见到的情景。夜里躺在地铺上的他也久久难以入眠，双手一直颤抖着……次日，老猎人怀着忐忑不安的心情把那只藏羚羊开膛扒皮，他的手仍在颤抖。腹腔在刀刃下打开了，他吃惊得叫出了声，手中的屠刀哐当一声掉在地上……原来在藏羚羊的子宫里，静静卧着一只小藏羚羊，它已经成形，自然是死了。

　　这时候，老猎人才明白为什么那只藏羚羊的身体肥肥壮壮的，也才明白它为什么要弯下笨重的身子为自己下跪，它是在求猎人留下自己孩子的一条命呀！天下所有慈母的跪拜，包括动物在内，都是神圣的。开膛破腹半途而停。当天，他没有出猎，在山坡上挖了个坑，将那只藏羚羊连同它那没有出世的孩子掩埋了。同时埋掉的还有他的权子枪……从此，这个老猎人在藏北草原上消失了。没人知道他的下落。

感恩寄语

　　"天下所有慈母的跪拜，包括动物在内，都是神圣的。"无论是人类还是动物，母爱，是最能让人动容的。一只藏羚羊在猎人正要扣动扳机的那一刻突然跪拜在地上，留下了两行泪水，它不是为自己行将就死而惧怕，伤心的求饶是为了给自己肚子里的孩子求得一线生存的机会。然而，猎人并没有立刻理解透它的举动，更没有读懂它乞求的眼神，冷酷的心没有被它的跪拜和泪水融化，枪响了。可是，当猎人用刀剖开藏羚羊的肚皮时，却被眼前的景象惊呆了："原来在藏羚羊的子宫里，静静卧着一只小藏羚羊，它已经成形，自然是死了。"这时他明白了一切，刚才母羊的惊人之举是为了自己的孩子。他的心里懊悔万分，后悔为什么自己读不懂一只动物的母爱之心，是他亲手断送了它的祈望。来自心底的善良使他的灵魂得到了净化和洗礼，他埋葬了藏羚羊母子，同时被埋葬的还有他的猎枪。人类是否应该思考，当猎枪对准另类的时候，人类自己能否永远安然无恙？

　　我们这次考察最大的收获，并非亲眼看到并记录了袋獾的分娩，而是目睹了一场伟大的爱情。在爱的天空下，再凶猛和残忍的动物都会长出天使的翅膀。

长出天使翅膀的袋獾

王澄宇

　　2004年6月24日，我们这支野外生物考察队到达了考察的最后一站——澳大利亚西部的塔斯马尼亚州，那里有一片方圆1.5万公顷的广阔灌木林，很多濒危保护动物都隐居其中。威尔逊教授希望能发现一些罕见动物并跟踪它们的生活，多拍一些珍贵的照片带回去。

　　事情进展得并不像想象中那么顺利。我们在这片灌木林中已经徘徊了三天，食物和水几乎都消耗光了，除了一些动物的脚印外，什么都没有发现。唯一的女生玛丽还被蛇咬伤了。

　　这天午后，我们正在林中仔细搜索，无意中，发现有一道犀利而凶狠的目光从一棵小树的密叶缝隙中向我们射来。那是只皮毛漆黑发亮的小动物，如同一只短腿猛犬那样龇牙咧嘴、虎视眈眈地盯着我们。

　　大家都转身盯着这个丑陋的小东西仔细看起来。它居然毫无惧色，咧开獠牙满布的大嘴，发出阵阵咆哮声。威尔逊教授和我向前走了几步，那个小动物不但没有躲闪，反而身体前倾，把尾巴笔直地竖起来。这时，一股刺鼻的恶臭传出，我一阵反胃。

　　威尔逊教授却喊起来："太好了，这正是塔斯马尼亚'魔鬼'，一种叫做袋獾的动物，我们能发现它，真是太好了！"

这是塔斯马尼亚州唯一受动物基金会保护的小动物，在动物王国中以恶臭闻名，因此，也有人称这种动物为"恶臭魔鬼"。我和乔动作麻利地拿出了照相机准备拍摄，罗伯森也赶忙拿出捕捉工具。正当大家忙碌的时候，这个小东西忽然尖叫一声，扭头一溜烟狂奔起来，我们连忙紧紧跟上。威尔逊教授见玛丽跑得比较吃力，告诉她原地休息，等我们回来再接她。

我们沿着袋獾的脚印向前追去，可是它跑得太快，我们很快就看不到那个小黑影了。

就在大家休息时，树林里忽然发出了歇斯底里的尖叫声，还夹杂着变了调的哭喊，一股令人作呕的怪味扑鼻而来。

"不好！玛丽出事了！"罗伯森第一个冲了回去。昏暗的光线下，只见一群塔斯马尼亚"魔鬼"聚集在玛丽周围，个头最大的那只正咬着玛丽的鞋子狠命撕扯，另外几只撕咬着她的腿部和手臂。玛丽的衣服已经被撕碎，手臂和大腿被袋獾尖利的爪子和牙齿抓咬得血肉模糊，她试图甩掉它们，可是袋獾死死地咬住不放。

罗伯森大吼一声冲了上去。看到一下来了这么多人，几只袋獾转身就往树林深处跑去。奇怪的是，有一只特别肥的袋獾跑得特别慢，威尔逊教授叫上我一起去追。这袋獾看到就要被追上时，一转身凶狠地盯着我们，身上的恶臭顿时浓烈起来。我们惊喜地发现，这是一只母袋獾，它的肚子胀鼓鼓的，好像是怀孕了。

可没料到，那只原先跑开的大袋獾这时不知从哪里又钻了出来，护在母袋獾前面，冲我龇齿怒吼。

"留神它，"威尔逊教授嘱咐我，"这只很可能就是它的丈夫，小心别被它抓伤。"

　　我小心而迅速地把网撒开，那只大袋獾猛地跳开了，母袋獾因为身体笨重而被套在网中。我赶忙收紧网，那只发怒的公袋獾对着网猛抓猛咬一阵后，看无济于事，就迁怒于我，冲我的手狠狠咬了一口，幸亏我躲得快，它只把我的袖口撕掉了一大块。约翰急忙上前帮忙，这个凶猛的小东西才愤愤地逃开。

　　母袋獾被我们关进一个小笼子里。它在笼子里放声尖叫，声音异常刺耳，那只大公袋獾居然就在不远处，也发出呼应。

　　天很快黑了下来，我们首先生了一堆火，用仅存的那点儿食物填了一下肚子，我和威尔逊教授把自己的那份口粮给了怀孕的母袋獾吃。尽管很惊恐，可是它的胃口丝毫没有受到影响，连掉到缝隙里的面包渣都舔得干干净净，还用可怜的眼神看着我们，想再多吃一点儿。

　　"看样子，它很快就会分娩。"经验丰富的威尔逊教授说，"可能就是今天夜里或明天。我们拍的照片一定非常有价值。因为这种动物极难捉到，以前从来没人写过有关它分娩的内容。"他边说边把自己的一件棉衣放了进去，袋獾很快就在上面呼呼大睡起来。

　　夜深了，劳累一天的我们一个个横七竖八地睡着了。忽然，我闻到一股浓烈的腥臭，还听到几声尖叫。大家都一下子从睡梦中醒了过来，顺着声音看去，好几只袋獾正守在那儿，虎视眈眈地盯着我们，火光让它们不敢靠近，可是它们也不肯离开，为首的正是那只逃走的公袋獾。袋獾惯于夜间活动，现在它们出来营救同伴了，威尔逊教授低声嘱咐我们。乔甚至拿出一支小火枪，玛丽没有力气，罗伯森小心地保护着她。我和约翰则盯着跃跃欲试的袋獾一动不动，随时准备防卫。就在这时，我们的火要熄灭了。随着红色火焰慢慢消失，袋獾们的胆子也逐渐变大，一步步围了上来。

那只公袋獾忽然扭头跑掉了。也许它回去找更多的救兵？我不禁紧张起来。一只袋獾猛地朝守在最前面的约翰扑了过去，接着后面的几只一拥而上，把我和威尔逊教授围了起来。

"不要惊慌，不要杀死它们。"威尔逊教授大声喊道。我们奋力地挥舞着手中的木棍，不让它们靠近。乔用枪托击中了一只袋獾的嘴部，它惨叫着退了下去。其余的几只听到同伴凄厉的叫声，没命地向我们扑过来。我的手臂被一只袋獾抓到了，鲜血流了满手。就在这时，玛丽忽然尖叫起来："快，快看！"原来那只事先跑掉的公袋獾根本没有离开，而是绕了一条路来到母袋獾的笼前，拼命抓挠着笼门。里面的母袋獾已经不再狂叫，它用力地顶着笼子，看着外面的救星，发出温柔的"哼哼"声。

"看好那只笼子，"威尔逊对玛丽和罗伯森说，"一定要拍到它分娩的照片。"罗伯森上去想把那只公袋獾赶走，可是它一见有人过来，就扭头咆哮起来。

被几只袋獾纠缠的乔在挂彩后，终于忍不住发怒了："去死吧！你们这群鬼东西！"他拿起火枪瞄准了一只袋獾，冲着它的腿就是一枪，伴着一声惨叫，它的腿受伤了，其余的袋獾受了惊吓，也都尖叫着跑了。余怒未消的乔看到那只公袋獾还在笼子前冲着罗伯森怒吼，忍不住又是一枪："你也去死吧！"威尔逊教授冲过去试图拦住他，可已经晚了，乔的子弹已经射穿了它的左后腿。那条腿在关节处断裂，只剩一点儿皮连着，鲜血汩汩地流了出来。

公袋獾没有躲闪，依旧疯狂地扑着笼子，它的血液不断地流失，可是它仍然没有一点儿退却的意思。威尔逊教授和我们走近了它，只见它定定地盯着我们，嘴里还发出呜呜的声音，那威胁的叫声已经很小了，因为它几乎没多少力气了。

大家想给公袋獾包扎一下，可是谁也不能近它的身，它张着恐怖的大嘴，稍有人走近就疯狂地咆哮。虚弱的公袋獾一直望着笼中的"爱人"，它叫不出声音，只是用眼睛关注着"妻子"的举动，一步也不肯离开，场面极其悲壮。

天明时分，一阵凄楚的叫声传来——母袋獾终于要分娩了。我们将它小心地从笼子里移到外面，放在干草和衣服做成的窝里，很快，两只红色的肉乎乎的小东西随着鲜血掉到了铺好的干草上，母袋獾顾不上疼痛，就将两只小袋獾耐心地舔净。它们无师自通地爬到母袋獾的身上，转眼工夫就藏进了它身下的育儿袋。约翰拍下了这激动人心的时刻。公袋獾独自挣扎着起身，坐在一边向它的妻子问候，母袋獾用低低的声音应答着。

生产过后的母袋獾看起来非常疲惫，它慢慢地喘息了一会儿，抬起头来四处嗅着，先是把掉落的胎衣全都吃了下去，接着又焦急地到处找着什么。公袋獾见了，焦急地大叫起来。

这时，奇迹出现了，只见那只公袋獾拼命地咬着它那条断裂的后腿，准备把自己的腿咬下来给"妻子"吃掉。

很快，那只公袋獾已经跳了过来，嘴里叼着自己的后腿，然后轻轻地放在产后的母袋獾旁边。急需营养的母袋獾低头看了一下，马上大啃起来。那骨头被咬碎的声音让人不寒而栗，而公袋獾眯着眼睛卧在它旁边，好像听着动听的音乐。

一根腿骨很快就吃完了，母袋獾和公袋獾依偎着卧在一起休息，两只小袋獾在妈妈的袋子里动来动去。"夫妻"两个都极为疲倦，但表情非常幸福。尤其是公袋獾，它看着自己的"妻子"，眼神是那么深情。

过了一会儿，也许是被乔的闪光灯照烦了，母袋獾吃力地站起来，冲我们大吼了一声，接着公袋獾也站了起来。公袋獾一瘸一拐地走在前面，母袋獾安静地跟在后面。我们谁也没有追赶，就这样看着它们艰难地离去。

天亮了，我们好不容易走出了这片灌木林，结束了考察。关于袋獾分娩的照片和文章，在很多动物杂志上刊登后，引起了轰动。在每篇文章的后面，威尔逊教授都会加上这么一句话："我们这次考察最大的收获，并非亲眼看到并记录了袋獾的分娩，而是目睹了一场伟大的爱情。在爱的天空下，再凶猛和残忍的动物都会长出天使的翅膀。"

 **感恩寄语**

这是一首爱的赞歌。

一支考察队在保护区亲眼目睹了凶猛残忍的袋獾的爱情。一只母袋獾要分娩了，但是它被考察队员关在笼子里，他们想观察它分娩的全部过程。这引起了公袋獾的愤怒，它想方设法地营救，即使队员用枪打断了它的腿，它还是义无反顾地陪伴在母袋獾身边，等待着它的孩子出生。看到母袋獾虚弱，为了给母袋獾补充营养，它甚至咬下了自己的后腿给"她"吃，那咀嚼骨头的声音听起来让人毛骨悚然，而它好像在聆听一曲动听的音乐。动物表达爱的方式各不相同，但如此残酷的场面远非人类能比，望着它们一瘸一拐离去的背影，人们心底不禁涌起悲壮之感。再凶残的动物，在爱情面前也会表现出最柔软的一面。爱情，就是为对方付出，不管对方是穷是富，是健康还是有疾病，都要长相厮守，只有理解爱情实质的人才能用心去经营爱情。即使是动物，只要将这种牺牲和执着贯彻心中，也能长出爱的翅膀，在爱的天空里飞翔。

埋葬的那天，附近的居民都自发地带着自己的狗来参加葬礼。狗的主人把它葬在后花园，大家还为这只狗做了虔诚的祈祷。那个场面着实令人感动。

动物的天堂

杨修文

英国人喜欢动物是很有名的，我在英国居住了一段时间，真实地感受到英国是动物的天堂。

伦敦著名的鸽子广场，数以万计的鸽子，很是壮观。远看在广场上空盘旋的鸽子，就像是一片片低垂、移动的云；近看在广场上散步觅食的鸽子，则像微风中湖面上飘荡的浮萍。游人走近，它们立刻就围拢过来，落在游人的身上，表示友好，并歪着头睁圆眼睛看你是否有食物。不少游客把食物放在两手中，两臂伸平，那就立即变成了"鸽人"，身上能站立的地方都站满了鸽子，实在没有地方了，后到的鸽子就会把爪子挤进去，身体来一个"倒挂金钟"。鸽子一个个都昂头挺胸以主人的身份自居，鸽了不怕人，倒是人要小心翼翼，生怕踩伤了鸽子。

英国的鸽子很多，在任何一个地方都受到人们的爱护和保护。我住的地方有一个街心花园，有许多鸽子在那里栖息。它们对人是绝对信任的，我轻轻抚摸它们，它们并不害怕，也不走开。就像是这一带居民共同的孩子，附近的居民每天都自发去给鸽子喂食。有一位八十多岁的寡居老奶奶，已是满头的白发，她身着鲜艳的红裙，每天都一手拄着拐杖，一手提着面包来喂鸽子，不管刮风下雨从不间断。鸽子的眼睛能看很远，只要老奶奶一出家门，鸽子就会成群地在她的上空聚集，或簇拥在她的身旁，一同到公园，吃食嬉戏。这成了这个公园最为亮丽的一道风景。

我住的屋后不远，有一条清清的小河，有几十只野鸭子在水面上自由自在地游荡。附近的居民谁有工夫谁就来喂它们，以孩子们居多。喂鸭子也成了我经常做的事情，因为我喜欢看着它们在我身边游来游去，看它们疯抢面包。它们还会爬上岸来，围着我大摇大摆地转来转去，它们是那样地信任人，因为它们从未遭到过人类的伤害。

英国是一个临海的国家，海岸线很长，所以海鸥很多。游人走近，它们就会追着你走，跟你要食物。我还是第一次这么近距离地看这些美丽可爱的小东西。记得有一次我们带的食物不多，我们准备要走了，车子已发动了，海鸥还跟着我们恋恋不舍，有一只海鸥竟然飞到汽车上，隔着挡风玻璃向里面张望。

在英国所有动物的礼遇都是相同的，小动物们一般都是不怕人的，它们也乐得与人为友。松鼠，这个长着蓬松大尾巴的小精灵，我以前只是从书本和电影电视中认识和见到过它。而在英国，到处可以见到它们的身影，在林间散步，快乐敏捷的松鼠就在你身边蹦来蹦去，还经常不请自到地跑到居民的院子里，我就经常在二楼的书房里看到松鼠在后花园里玩耍。当你走近它时，它才会走开。

而猫和狗与人的关系就更亲近了。我经常看到一对老夫妻，在夕阳中他们牵着六只戴着铃铛的猫在散步，其中有一只猫是个瞎子，磕磕绊绊地走不好，夫妻俩就轮流抱着它，大概是怕它孤独吧，还不时和它说着话。老人和猫，相依相伴是那么和谐与自然，

令人感动。我们那个街区还有一只戴着项链的大花猫，它已经很老了，动作迟缓，而且经常喜欢卧在马路中央眯着眼睛晒太阳。过路的司机从未厌烦和伤害过它，都是耐心地停下车来，把它抱到路边。有一次它又睡到了马路上，我轻轻地抱起它，让我惊讶的是，它的脖子上拴的竟是一条精致的纯金项链，上面还挂着一个金牌，刻着家庭住址。而有无数的人抱过它，他们肯定都见到了这条项链，可竟然没有一个人把它拿走。

狗在英国大概是最受人们喜爱的动物了。养狗的人很多。人们把狗当成了家庭的重要成员，从它们那梳理得整洁精致的皮毛，彬彬有礼的气质上，就可以看出主人对它们的爱护和教育。狗一般都是和家人一起活动的，我的邻居家养了两只狗，猎犬叫约翰，那只满身卷毛的狮子狗叫杰克。它们每天早上都同爸爸一道开车把两个孩子送去学校，约翰把书包叼到车上，等孩子们上车后，它就习惯而严肃地坐在副驾驶的位置上。晚上放学后和孩子们一起玩游戏。周末是它们最高兴的日子，全家要一同开车出去旅游，约翰和杰克兴奋地跑来跑去，还不停地帮助妈妈把旅游物品叼到车上。妈妈拍拍它们的头作为鼓励，它们就会摇头摆尾地兴奋不已。英国人在遛狗时每人手中都会提一个塑料袋，那是用来装狗的粪便的，无论有没有人看到，他们都会自觉地把狗的粪便装在塑料袋里，丢进垃圾箱。

我们邻居有一只狗不幸死去了，狗的主人哭得伤心欲绝。埋葬的那天，附近的居民都自发地带着自己的狗来参加葬礼。狗的主人把它葬在后花园，大家还为这只狗做了虔诚的祈祷。那个场面着实令人感动。

英国有个很有趣的现象：超市里的物品极为丰富，可肉类柜台相对比较单调，翻来覆去就是猪肉牛肉羊肉和鸡肉，吃狗肉、鸽子等都是违法的。在一次朋友聚会时，一位英国朋友小心翼翼地问我，中国人为什么喜欢吃那么多动物的肉，它们很好吃吗？可它们是人类的朋友呀。我没有回答她，因为我不知道该怎样回答她。

我们距离动物天堂的路途还很遥远，但是我们已经起程在路上了。

 感恩寄语

动物，是地球生物的组成部分，它们同样也是人类的朋友。地球之所以这样绚丽多彩，之所以这样博大丰富，就是因为有了和人类同样重要的动物们。因此，保护环境，善意地对待这些可爱的生灵们，是人类义不容辞的责任和义务。

英国，是一个非常注意保护动物，人和动物们和平相处的国度。他们把鸽子当做自己的家庭一员，每天自发地到广场上喂食，成群的鸽子在广场上盘旋，如云一般，成了一道美丽的风景线。同样，松鼠、小猫、小狗，都是他们的朋友。在英国，从没有人把鸽子和狗当成食物吃掉，英国人对中国人喜欢吃各种各样的动物感到不解。英国可以说是各种动物的天堂，"所有动物的礼遇都是相同的，小动物们一般都是不怕人的，它们也乐得与人为友。"我们希望，我们生活的国度也能成为动物们的乐园，我们爱护着它们，保护着环境。我们已经走在这样的路上了，和动物们和谐地相处离我们并不遥远。

它死了，白色的毛被风吹出一个个漩涡。它蜷曲着，四肢僵硬地伸出去，却将那个土堆揽在怀里。它的眼睛轻轻地闭着，安详得仿佛不曾死去，却像在让自己的孩子吃奶。

狗　娘

江　薛

乡下人养狗，狗崽子都不愿在附近抱，因为往往前脚抱回家，狗娘后脚就找来把狗崽子领回去了。我爷爷家与我家隔了一道山梁一条马路，虽说站在屋后的山冈上叫得应，但弯弯曲曲的太远，所以，我很顺利地把旺喜抱回了家，而且让它在这儿扎下了根。

旺喜是我给我的狗取的名，它娘叫旺财。旺财到爷爷家一年多了，这是头一回当娘，就了不起地生下了五只狗崽子。我跟旺财也很熟，我去上学，非得从爷爷屋前过，能不熟？可抱旺喜那阵儿，它对我特不友好，一直警惕地守在窝边。后来还是爷爷把它骗进屋，堵好狗洞关好门，我才有机会抱上旺喜急匆匆地奔回了家。

听爷爷讲，我把旺喜抱走后，旺财非常愤怒，白天不吃不喝，也不喂其他狗崽子，四处寻找，晚上光听它在窝里哀嚎，仿佛呼唤旺喜一样。第二天上学，我就远远地躲着旺财，心慌慌地不敢看它。

旺喜跟它娘一样，雪白雪白的身子，半根杂毛也没有，我在日记里这样形容它：要是它有翅膀，飞到空中，你一定以为它就是一团白云呢！

抱回家时，旺喜刚满月不久，能自己吃一点儿饭。我只给它煮粥吃，生怕硬饭把它噎着。有肉吃，我就先放在自己嘴里，使劲嚼个稀烂，再吐到它碗里。看它吃完，我赶紧把碗拿过来，洗得跟自己的碗一样干净。那一段时间，我的手指都不知充当过多少回奶头呢！我没有兄弟姐妹，放学回家一个人很没劲，有了旺喜，日子就过得有意思多了。

转眼半年过去了，我从五年级升到六年级，我的旺喜呢，都不知什么时候长的，腿赶上我的手臂一般粗了。骑在它背上，它居然能坚持一会儿。而它的娘旺财就可怜多了。我把旺喜抱走后，不久爷爷那儿又去了几个人，说想买走剩下的几只。爷爷问买去干吗，他们说养大了看果园子。爷爷就松了手。可没想到，那几个人把四只狗崽子弄到饭馆里，吃了顿乳狗火锅。辛辛苦苦生下五个孩子，如今一个也不在身边，旺财一下子就瘦了一圈，然后像患上忧郁症似的，谁也不爱理，蜷在一个地方就是一天。

立秋过后，不能下池塘玩水，我就带着旺喜去屋后的山上玩。山挺高的，顶上有一块废弃的地，草铺成一张绿毯，是玩耍的好地方。

放下书包，我和旺喜就往上冲。我每次都跑不过它，等我看到它，它都自个儿在草地上打滚儿玩上了。站在高处，举目四顾，天地在远远的地方重叠，那儿有云在飘，仿佛仙境一般。尤其是夕阳西下，照得我和旺喜红光满面的时候，我就觉得自己好伟大好伟大。我喊，旺喜呀旺喜呀！天就跟着喊旺喜呀旺喜呀，地就跟着喊旺喜呀旺喜呀。旺喜也叫，旺喜一叫，天也跟着叫地也跟着叫，然后山脚下四面村子里的狗就嚷成一片，嚷得那缕缕炊烟左一扭右一扭的。

一次，我喊累了，躺在地上看云，旁边的旺喜突然低低地吼起来。我坐起来看，嘿，雪白雪白的身子，这不是爷爷家的旺财吗？它也看到了我，轻轻摇着尾巴，慢慢地靠近。警告不见效，旺喜恼怒起来，龇起牙狠狠地叫。旺财一惊，目光停在旺喜身上，站住了。我就笑起来，搂住旺喜的脖子说："叫什么叫，不认识了？它是你娘。"

第二天，我放学回家，居然不见了旺喜。我急得要死，使劲喊，一会儿，就看见旺喜箭一样从后山奔下来，到面前，却是两团白色。另一只是旺财。它们俨然相熟已久的模样，嬉闹着，你咬我的脖子我咬你的腿，一只烂袜子成了它们的宠物，争抢个没完没了。

十月，秋天的味道就浓了。那天黄昏，爷爷告诉我，旺喜死了。我呆住了，我不相信，但爷爷是不会骗我的。我飞一般跑回家，院子里静得可怕。我看到了旺喜，它静静地侧躺在墙角，四肢僵硬地伸展开，嘴角淌的血已凝成一条长长的蚯蚓。旺喜！我的心被一只锤子敲得咚咚响，眼泪成了六月突降的雨。

旺喜在马路上闲逛，一辆汽车飞驰过来，旺喜就真的飞了，像云一样。

晚上，父亲回来了。他看着我红肿的眼睛，骂我没出息，然后伸手拎了拎旺喜，说："有好几十斤呢，宰了炖肉吃。"我一听，弹簧一样蹦起来，抢过旺喜，愤怒地瞪住他："你把我也杀了炖肉吃吧！"

父亲被我吓住了。后来，我把旺喜埋在了后山的草地里。它喜欢那个有草有风的地方。旺喜死后，我的那些快乐也随之而去了，倒是旺财天天来我家。我不知道它是否知道旺喜死了，反正我不会再理它。每次来，它与我对视的时候，我的目光都含着刀子。一个母亲，竟然没看好自己的孩子，这算什么好母亲？我恨，我就捡起脚边的石头，奋力地砸过去。

旺财总是把自己放得远远的，没想过要靠近的模样，站在那儿，看看我，看看山，又看看我看看山，然后转身而去。只是步子一天比一天缓慢，背部的肋骨一天比一天清晰了。

那是个星期六的下午，爷爷跑到家里问我旺财有没有来过，说一天一夜不见它了。我淡淡地说旺财没来过，有两天没来了。爷爷遗憾地去别处寻找了，我不打算帮忙去找，我觉得它这是活该。只是旺财的失踪，又让我想起了旺喜。心里一动，便去爬山，要去看看旺喜。旺喜又在我脑子里活了过来，雪白雪白的身体，吐着红红的舌头，在我前面蹦跳着。眼前白影晃动，我笑了，赶紧加快步子和它比赛。

近了，白影越来越清晰。我站在小小的土堆前，使劲地揉揉眼，肯定了面前真的有一团白色——那是旺财。它死了，白色的毛被风吹出一个个漩涡。它蜷曲着，四肢僵硬地伸出去，却将那个土堆揽在怀里。它的眼睛轻轻地闭着，安详得仿佛不曾死去，却像在让自己的孩子吃奶。

泪，再一次如泉般涌了出来。

感恩寄语

旺财是一只狗的名字，它的孩子旺喜被我抱回了家，为此，旺财非常愤怒，白天不吃不喝，也不喂其他狗崽子，四处寻找，晚上光听它在窝里哀嚎，仿佛呼唤旺喜一样，痛苦不已。不久，它的其他四个孩子也被别人买走了，旺财失去了所有的孩子，它郁郁寡

欢。几个月后，它又和它的孩子旺喜相遇了，可是欢乐没有多久，旺喜便因为车祸丧生了，而旺财因为疼爱它的孩子，也在埋葬旺喜的地方死掉了，姿势像是伏倒身子在给它的孩子喂奶。我们歌颂母爱，也同样给予一只狗的母爱以赞美之词。母爱，是人和动物共同拥有的情感，虽然彼此言语不通，但情感的表达不一定需要语言，我们也能从自己的角度去理解清楚。旺喜是旺财身上掉下的一块肉，母子血脉相连，人们将它们母子活活分开当然是制造了最痛苦的事了。人应该对动物也有悲天悯人的情怀，善待它们，共同维护美丽的大自然。

第二辑
黑色郁金香

郁金香的重新发芽使人们相信，不管经历了多大的苦难，世上仍然会有快乐；不管经历了多少危难，人间仍然会有新的生活；春风会吹散天空中的阴霾，郁金香依然会从废墟中破土重生，开出娇艳的花朵。

> 现在树木都有了感觉，它们可以思索和幻想，它们因感情而激动，它们在一块交谈，它们在黄昏低语做梦，它们跟暴风雨搏斗挣扎。

夏天的到来

[美]约翰·布罗斯

浓阴匝地，那是夏天来临的第一个暗示。你可以看到田野上它在树下的阴凉的环影，或是树林里它更为深浓和凉爽的隐居地。在河流对面的山坡上，好几个月在早晨和正午的阳光下只稍微有些阴影的痕迹，或者说阴影的线条构成的浮雕细工；但在五月的某个早晨我远眺时，看见大块密无空隙的阴影从树木斜落在山坡的草地上。眼睛对它们是多么神往！树木又披上了盛装，神情健康；数不清的叶子沙沙作响，向人们预许来临的欢乐。现在树木都有了感觉，它们可以思索和幻想，它们因感情而激动，它们在一块交谈，它们在黄昏低语做梦，它们跟暴风雨搏斗挣扎。

夏天总是由六月来体现，胸脯上挂着一串串雏菊，手中握着一束束开花的苜蓿。这些花草出现时，在季节的交替上又打开新的一章。一个人会自言自语说："好了，我又活着再次看到雏菊和闻到红苜蓿花的香气啦。"他温柔怜爱地采下那第一批鲜花。

在人们的心中，一种花的馨香和另一种花的充满青春朝气的面貌会产生多少值得怀念和回忆的东西啊！没有什么别的东西像苜蓿的香气：那是夏天少女般的气息，它提醒你的是一切清新美好朴素的东西。一片开着红花的苜蓿田，这里那里散布着星星点点雪白的雏菊；在你经过时香气一直飘到大路上，你听到蜜蜂的嗡嗡声，食米鸟的啼唤，燕子的啁啾，还有土拨鼠的嘘嘘声；你闻到野草莓的气味，你看到山岗上的牛群；你看到你的青春年代，一个快乐的农家少年的青春时代在你的眼前出现。

 **感恩寄语** ✳

　　读罢此文，不禁想到夏天的五彩斑斓。但大自然不仅仅属于人类，还属于生活在地球上的所有拥有生命并热爱生命的生物。我喜欢夏天，不仅仅是它带给我的奔放的心情，夏季，是一种沉淀的季节，它奔放却又有着别样的含蓄，它热情却又有着自己的风格。

　　年复一年的轮回，让你不断的成长为少年、青年、中年、老年，当你在回忆往事的过程中，是否还记得在今年的夏季和少年时的夏季有什么不同呢？山还那样绿吗？水还那么清吗？……我们要保护好我们的环境，让我们在几十年之后向自己的子孙说："我们小的时候也有这些美好的环境。"

埃托沙的狼是一种很聪明的动物，它们知道只要夺路成功，就有生的希望，而选择没有猎枪的岔道，必定死路一条，因为那条看似平坦的路上必有陷阱，这是它们在长期与猎人的周旋中悟出的道理。

富翁和狼

杨翠平

一位富翁在非洲狩猎，经过三个昼夜的周旋，一匹狼成了他的猎物。在向导准备剥下狼皮时，富翁制止了他，问："你认为这匹狼还能活吗？"向导点点头。富翁打开随身携带的通讯设备，让停泊在营地的直升机立即起飞，他想救活这匹狼。

直升机载着受了重伤的狼飞走了，飞向500公里外的一家医院。富翁坐在草地上陷入了沉思。这已不是他第一次来这里狩猎，可是以往从来没像这一次给他如此大的触动。过去，他曾捕获过无数的猎物——斑马、小牛、羚羊甚至狮子，这些猎物在营地大多被当做美餐，当天分而食之，然而这匹狼却让他产生了"让它继续活着"的念头。

狩猎时，这匹狼被追到一个近似于"丁"字形的岔道上，正前方是迎面包抄过来的向导，他也端着一把枪，狼夹在中间。在这种情况下，狼本来可以选择岔道逃掉，可是它没有那么做。当时富翁很不明白，狼为什么不选择岔道，而是迎着向导的枪口冲过去，准备夺路而逃？难道那条岔道比向导的枪口更危险吗？

狼在夺路时被捕获，它的臀部中了弹。面对富翁的迷惑，向导说："埃托沙的狼是一种很聪明的动物，它们知道只要夺路成功，就有生的希望，而选择没有猎枪的岔道，必定死路一条，因为那条看似平坦的路上必有陷阱，这是它们在长期与猎人的周旋中悟出的道理。"

富翁听了向导的话，非常震惊。据说，那匹狼最后被救治成功，如今在纳米比亚埃托沙禁猎公园里生活，所有的生活费用由富翁提供，因为富翁感激它告诉他这么一个道理：在这个相互竞争的社会里，真正的陷阱会伪装成机会，真正的机会也会伪装成陷阱。

 感恩寄语

　　狼不仅是非常冷酷残暴的动物，还是一种十分聪明的动物，在和猎人周旋的过程中，它们能悟出许多逃生的道理。

　　在非洲的大草原上，一只狼面对着猎人，竟然毫不惧怕地想在枪口底下夺路而逃，其实，狼的面前还有一条岔路可逃生，但它却没有选择岔路，富翁很纳闷，从向导那里得知："埃托沙的狼是一种很聪明的动物，它们知道只要夺路成功，就有生的希望，而选择没有猎枪的岔道，必定死路一条，因为那条看似平坦的路上必有陷阱，这是它们在长期与猎人的周旋中悟出的道理。"富翁最终将这只狼救活了，因为，他从狼的聪明中悟出了社会生活中的一条道理：在这个相互竞争的社会里，真正的陷阱会伪装成机会，真正的机会也会伪装成陷阱。生活中，处处有陷阱，也处处是机遇，唯独聪明机敏的人才能辨识得清。

> 宁可死，也不做人类的玩偶，这就是你，可敬的麻雀，高贵的麻雀。

高贵的麻雀

晚饭后，正准备照例地和女儿一起去打球、散步，忽然从餐厅里传来女儿的哭声。

"死了？"妻子问。

女儿没有回答，只是哭声更大了。我意识到了什么，赶忙奔过去……

确实死了——那只麻雀。娇小的身躯斜贴在冰冷的地面上，头耷拉着，眼睛紧闭着，两只小爪子蜷缩着，灰色的羽毛杂乱地耸着。不远处是一小碟清水，里面有十几颗麦粒，碟子的旁边还有一些馒头屑——是女儿捏的。我呆呆地站在那儿，想说什么，却又什么也不想说。

昨天下午出差回来，一开门，听见阳台上一阵杂乱，像有什么东西在不断地撞击窗玻璃，声音并不大，却很急促。跑过去一看，是一只麻雀误闯进了我们的居室，心中一喜，迅速地把阳台上的门关上。那麻雀看到我，更加紧张，在阳台这狭小而封闭的空间里，东冲西撞，像个没头的苍蝇。捉这样的麻雀我是很拿手的，这在小时候不知操练过多少次。那时候，麻雀比现在要多得多，据说还是"四害"之一，原因是它争我们的粮食（大了我才知道麻雀不但吃粮食，还吃害虫），大人们说，一只麻雀一年会吃掉我们好几个馒头的，既然它吃掉了我们的馒头，它就是我们的敌人，对待敌人我们要像秋风扫落叶一样。况且麻雀肉又是那个时候极好的美味。所以，筛子罩麻雀、弹弓打麻雀、掏麻雀窝都是我们的拿手好戏。至于像今天这样的瓮中捉鳖更是小菜一碟了。

麻雀是会飞的，指望在空中逮住它，那无异于登天摘月，作为一名"专业杀手"，我是不会犯这样幼稚的错误的。我拿了一根小木棍，不停地轰赶它，让它没有喘息的机会，它最终会有支持不住的时候。闲话休提，经过几分钟的较量，那麻雀终于不敌而成了我的俘虏——它一点儿也不漂亮，黑黑的嘴，没有一点儿光泽；无神的小眼睛，迷茫而暗淡；两只小爪子上布满了角质而破损的老皮；羽毛也略显杂乱（也许是苦战的结果）。总之，它是一只老麻雀，它一点儿也不讨人喜欢，这使得我的胜利大煞风景。我找来一段毛线，胡乱拴住它的一只爪子，把另一头系在一张椅子的腿上，专等女儿回来向她交差——女儿曾不知多少次央求我给她捉一只小鸟来养。

坐在沙发上，困意袭来，朦胧中听到窗外传来鸟儿的叫声，那叫声中透着焦急，透着凄凉，我激灵打了个冷战，睡意全无，放眼窗外，一只麻雀正在盘旋。是它的妻子吗？是它的妻子在寻找自己的丈夫吗？是它的丈夫吗？是它的丈夫在呼唤自己的妻子吗？没有听说麻雀那么钟情的，看来是我多心了，那完全是不相干的一只，我这样安慰着自己，可心里无论如何再也平静不下来：如果那窗外确实是它的妻子或者丈夫呢？即使不是，它家中是不是有嗷嗷待哺的孩子呢？它有几个孩子呢？三个？四个？五个？六个……它不回去，它的孩子会不会饿死呢？此刻我的脑海里浮现出各种鸟儿给自己的孩子喂食的画面：母亲从外面风尘仆仆地飞回来，站在窝边

上，一群嫩黄的雏鸟张着大嘴围过来，母亲从口中一点一点地挤出食物，送到每个雏鸟的口中，所有的雏鸟都欢呼着、雀跃着……我再也坐不住了，来到麻雀旁边，准备解开它腿上的绳子。可我又犹豫了，想到了自己的女儿，想到了女儿梦寐以求的愿望，想到女儿回家看到爸爸给她捉的鸟儿时欢呼雀跃的场景，我抽回了自己的手。难道就没有两全的办法吗？我找来一个浅浅的小碟子，倒上清水，放在麻雀旁边，又来到厨房里，揭开米缸——小米、大米都没有了。饭锅里正好还有一些中午剩下的麦粒，便取了一些，放在盛清水的小碟子里。这时我的心里轻松了好多，便放心地去看电视了。大约两小时后，再去看它，碟子中的麦粒已经大都散到地上，碟子中的水少了许多，麻雀的身上也湿湿的。这家伙还挺享受的，饭足水饱还来个冷水澡。可仔细看那麦粒，并没有少的样子。我把麦粒捡起来，共有十三颗，我把它们重新放在碟子里。

女儿回来了，我把嘴凑到她耳朵上："爸爸有个非常好的礼物送给你。"

"是什么？"女儿焦急地问。

"不告诉你，自己到你小屋里去找。"我挤了一下眼睛，神秘地说。

女儿没有再问，把书包往沙发上一撂，就飞向自己的小屋去了。几秒钟后，小屋里传来女儿夸张的叫喊声："哇塞，小鸟，我真是太感谢你了，爸爸！"我也来到女儿的房间里，告诉她，这是只老鸟，它还有好几个孩子在家等着她，那些孩子们都饿了，等着它回家去喂，我们和小鸟玩一会儿，就放了它。我的自以为是的肺腑之言并未动摇女儿的信念——坚决不放，原因是我在说谎。其实，我知道，女儿即使认定我说的话是真的，也不会认账的，因为她太想占有那只小鸟了。但是，我毕竟劝过女儿了，我自以为对得起那只麻雀了。

晚饭女儿吃得很快，也不知道吃饱了没有。饭后一抹嘴，连手也不洗，便嚷着要我们和她去散步，当然不忘记带上她的小鸟。一路上，女儿捧着小鸟，又是亲，又是抱，把小鸟向见到的所有小朋友炫耀。看着女儿那满眼里闪烁着的兴奋的光芒，我也沉浸在其乐融融中，心中的一切忧虑被抛得无影无踪。

散步回来，为了不让女儿做作业分心，我便坚持把小鸟拴在了客厅里。

今天早晨，在上班、上学的匆匆中，麻雀被忘却了。上午女儿放学回来，好像还和小鸟玩了一会儿，也许没有玩，我已经记不大清楚了。晚上，它已经死了，晚饭前恍惚记得它还叫过的。

女儿依旧在哭，没有人劝她。妻子被女儿的怜悯之心感动了。而我则以为，女儿要承担责任的。

忽然，我看到地上和碟子里的那些麦粒，我蹲下身来，再一次把它们一一地捡起来，一颗……两颗……三颗……四颗……还是那十三颗。两天了，还是那十三颗……麻雀呀，你为什么不吃呢？你是在用绝食的方式和我抗争吗？你是在惩罚我，让我的心永远内疚吗？

养鸟的人很多，可从来没有见过养麻雀的，总以为那是因为麻雀没有漂亮的外表，悦耳的歌喉。现在我终于懂得了，其实，我小时候就养过麻雀的，可一次也没有成功过，我早就应该懂得了……

宁可死，也不做人类的玩偶，这就是你，可敬的麻雀，高贵的麻雀。

 感恩寄语 ❋

　　"宁可死，也不做人类的玩偶。"

　　那只麻雀，用生命维护了自己的尊严。"一点儿也不漂亮，黑黑的嘴，没有一点儿光泽；无神的小眼睛，迷茫而暗淡；两只小爪子上布满了角质而破损的老皮；羽毛也略显杂乱。"总之，它是一只老麻雀，它一点儿也不讨人喜欢，然而，它却难逃死亡的厄运。

　　人类总是自以为是，把自己的喜好和厌恶强加在动物身上，于是，麻雀成了"四害"之一，被我们捕杀，或是当做宠物，或是当做佳肴。只是我们没有想到，麻雀也有亲人，也有自己的孩子，甚至不止一个；只是我们没有想到，麻雀也有自由，蔚蓝的天空就是它们的领地；只是我们没有想到，麻雀也有自尊，即使饿死，也不会接受我们的施舍。我们只会爱自己！我们只会想到自己！

　　这十三颗麦粒让我们明白，麻雀有属于自己的生活，它只能允许我们表达对它的尊重而不允许我们限制它的自由生活。

郁金香的重新发芽和阿诺德的康复使人们相信，不管经历了多大的苦难，世上仍然会有快乐；不管经历了多少危难，人间仍然会有新的生活；不管德国法西斯多么嚣张，春风仍然会散去欧洲天空的阴霾。

黑色郁金香

彭丹青　编译

闻名海外的荷兰威尔兹家族世世代代以种植郁金香为生，到阿诺德这一代已有几个世纪的历史了。他们有着非常成功的郁金香培育经验，培育出的郁金香球茎在整个欧洲和海外市场都很受欢迎。由于培育郁金香需要很多人力，威尔兹家族的郁金香生意也为德克瑞村的村民们提供了很多工作岗位。但是战争爆发后，一切都被迫停止了。

冬天里，动物躲藏起来了，植物也很少。好心的阿诺德把他种植的几乎所有的郁金香球茎都捐出来，给村民们充饥。他只把极稀有的黑色郁金香的球茎小心地保留了下来。多年来，阿诺德一直在尝试培育黑色郁金香。还没有哪一个园艺师成功培植出黑色郁金香，而阿诺德已经培植出了一种深紫色的郁金香球茎，离成功只有咫尺之遥。

阿诺德小心地保护着这些为数不多的球茎，避免它们被饥饿的村民偷去充饥，至于家人更是严禁靠近郁金香。这些球茎顶多只能做成一顿没有油水的粗饭，而吃掉它们会毁了战后的家园重建和家

族生意的延续。德军就要完蛋了，这一点阿诺德看得十分清楚。

终于有一天，荷兰电台的播音员用洪亮的嗓音宣布战争结束了。人们欢呼雀跃。但是，他们高兴得太早了。阿诺德看着村子里一群群面色苍白、骨瘦如柴的孩子们，意识到战争遗留下来的贫穷将会接踵而至，饥饿还将持续相当长的一段时间。他犯难了，不知道是否该把那些珍贵的黑色郁金香球茎也分给孩子们充饥，因为这样总比被德国士兵们抢去的要好。在忧郁和苦恼中沉思了几个小时之后，他终于做出了决定。黄昏时分，他抓起一把铁锹，走进了种植着郁金香的花园。7岁的贝莎正在花园里玩耍，她看见父亲走进花园，显得很激动。贝莎的小脸蛋憋得通红："爸爸，爸爸，我……告诉你……"正在此时，阿诺德看见一队喝得醉醺醺的德国兵一边沿路打劫一边朝着他们这边走来。阿诺德当机立断，他低声告诉贝莎，快点跑到屋子里躲起来，然后阿诺德开始疯狂地在地上挖他的郁金香球茎。但是，他的铁锹一次又一次地挖空，他来迟了，有人已经把他窖藏的黑色郁金香球茎都偷走了。

悲伤和愤怒使阿诺德无视眼前的一切危险，他像一头狮子，怒吼一声冲出花园，冲上街喊道："谁？是谁偷走了我的郁金香球茎？"一直躲在门后注视外面动静的贝莎尖叫了一声，跟着跑了出来，她想阻止父亲的疯狂举动，但是已经迟了，还没等她跑到父亲跟前，一个德国士兵已经举起了手枪，开枪击中了阿诺德。很明显，虽然德国已经在投降书上签了字，但是，在此之前颁布的宵禁令在法律上仍然有效，而愤怒的阿诺德违反了它。

所幸那一枪未击中要害，阿诺德挺过了最初的危险期，他的伤势逐渐好转，慢慢能下床了。他坐到窗边，默默地望着曾经栽过许多郁金香的花园，他后悔，为什么没能早点把最后那些郁金香球茎也挖出来给人们充饥呢?

天气变暖时,阿诺德能走到外面坐坐了,贝莎寸步不离地待在父亲身边,无微不至地照顾父亲的饮食起居。战前贝莎是个活泼快乐的小女孩,但现在她变得很沉默,她很少离开父亲去跟小伙伴们玩耍。为了安慰消沉的父亲,她会指着隔壁邻居家被炸毁的房子说:"我们家仍然是完整的,我们的头顶上还有可供遮风避雨的屋顶。"贝莎说得对,这之后阿诺德经常看着周边那些废墟,提醒自己:"我们现在是多么的幸运啊!"

一天,他忽然注意到从那些破碎的砖头瓦砾中间冒出了嫩绿的芽。他大声叫着贝莎,要她来看这些嫩绿的叶子。贝莎一改往日的平静,她激动地用手指着那些嫩绿的叶子,抽泣着告诉父亲,他牵挂在怀的黑色郁金香球茎发芽了!阿诺德惊奇地看着女儿,一时间不能明白这是怎么一回事。

原来在父亲遭枪击的那天,贝莎一直待在花园里玩,这时一个德国士兵向她走来,友善地向她自我介绍:"我叫卡尔·万耶,是驻扎在附近的士兵。"他告诉贝莎,在他德国老家的花园里也种植着由威尔兹家族培育出来的郁金香球茎,他深知它们的价值。当他看到阿诺德将郁金香球茎捐出来给村里人充饥时,他注意到里面没有珍贵的黑郁金香球茎,他猜想阿诺德一定把那些球茎珍藏起来了。因此当他知道有一队德国士兵正在这一带打劫时,便立即赶过来向花园里的贝莎发出警告,催促她赶快将那些黑郁金香球茎从花园里移走。他要求贝莎不要跟任何人提起这件事和他的名字,否则他会因此而被送交军事法庭审判。

这时街上传来了德国士兵的叫骂声,卡尔连忙跑开了。贝莎来不及通知父亲,她用双手从泥土里挖出那些郁金香球茎,并把它们

埋入了邻居家的废墟中。

当她翻过篱笆回到自己家的花园时，父亲正在翻找那些郁金香球茎，贝莎想告诉父亲她已把郁金香球茎移走了，但未等她开口，父亲已经怒吼着冲到街上去了。

在阿诺德养伤的那段时间里，威尔兹家族无法预料这个家族的顶梁柱能否战胜枪伤生存下来。当父亲的病情开始好转时，贝莎曾去邻居家的废墟里寻找那些郁金香球茎，她很清楚，如果父亲看到这些球茎，身体会恢复得更快。她翻过篱笆，看到的景象却让她感到绝望，一堵在风雪中倒塌的墙壁正好压在她埋郁金香球茎的地方。那堵破碎倾颓的墙壁，一个大人都挪不动，何况贝莎呢。贝莎心里充满悲伤，她决定不把这件不幸的事告诉父亲。

然而，让贝莎没有想到的是，在暖春阳光的照耀下，墙缝里的冰融化了，墙壁逐渐开裂，郁金香球茎从墙缝中长出了嫩芽，挺身在春风中摇曳，就像阿诺德挺过了生死关一样。

那些珍贵的郁金香球茎让阿诺德重新开创了新的生活，给战后复苏期的德克瑞村带来了可观的经济收入。郁金香的重新发芽和阿诺德的康复使人们相信，不管经历了多大的苦难，世上仍然会有快乐；不管经历了多少危难，人间仍然会有新的生活；不管德国法西斯多么嚣张，春风仍然会吹散欧洲天空的阴霾。就在那些幸存的郁金香从废墟中破土重生，开出娇艳的花朵的同时，荷兰获得了新生。

战后，威尔兹家族开始寻找卡尔·万耶的下落，但一直未果。第二年，当贝莎的弟弟出生时，威尔兹家族终于找到了一个纪念他们恩人的好办法，他们将孩子取名为"卡瑞尔"，也就是德语"卡尔"的意思。

感恩寄语

黑色郁金香连接了不同国度的人对美好生活的向往。

黑色郁金香是世界上的稀有名贵花种，也是阿诺德一家生活的来源。但是，战争却破坏了一切，让原本幸福的家庭变得无家可归，让原本生活殷实的人们面临饥饿的威胁。善心的阿诺德不断地把他家的郁金香球茎匀给周围饥饿的孩子来充饥，唯有黑色郁金香的球茎他没有拿出来，而是深埋在自家的花园内，因为，如果拿出来吃掉，就预示着黑色郁金香的灭绝。但是，为了怕被溃败的德军打劫去，他还是决定把黑色郁金香的球茎挖出来，分给孩子们。但是，那些球茎却奇怪地不见了，阿诺德自己也遭到了德军的枪伤。然而，战争的无情掩盖不了人们对美好事物的共同追求，德国士兵卡尔的家就种植着由威尔兹家族培育出的郁金香，他知道黑色郁金香的珍贵，冒着被送上军事法庭的危险，和贝莎一起成功地保存下了黑色郁金香的球茎。春天，黑色郁金香在战争的废墟上生机勃勃。

可见，战争摧毁不了美好的事物，环境再残酷，希望也会在春天里发芽。

只一个回合，红角羚羊便被狮子咬住了脖子，红角羚羊在垂死挣扎，并将头扭向同类们——他已不是为自己的生存挣扎，而是想用最后的壮烈让同类们觉醒！

红角羚羊

张鸣跃

一

那头红角羚羊是在种群的跋涉途中出生的，异于同类的红角很抢眼，如出肉见血的弯刀。妈妈首先舔抚的便是他的红角。

片刻之间，他便在妈妈的周围奔跑欢跳了，异常灵动健旺的雄性精灵。紧接着，他便与数百万头同类一起奔涌向前，如铺天盖地的大潮。

那时候，他觉得自己的种群威风无比，羚角之前所向无敌，铁蹄之下神灵俯首。

二

红角羚羊一个月大时，目睹了一场惨景——几只野狗围住了一头母羚羊和她的孩子。野狗先是如挑逗一般，追着那小羚羊扑扑跳跳，一边乘机抓挠小羚羊，一边躲闪着母羚羊的头角和蹄子。

而这时，大群的羚羊都闪开了，都站在自己的位置静静地观看。

母羚羊已被野狗们捉弄得精疲力竭了，可怜的小羚羊也被撕抓得满身伤痕，仍是挣扎着往妈妈身边躲。野狗开始凶狂了，猛扑狠咬，小羚羊的脖子被一只野狗咬住了。这时，母羚羊也闪在了一边，静静地观看。

红角羚羊撞了一下妈妈，就要冲过去。妈妈头一摆便将他击倒了，而后舔抚他，让他明白大家都明白的事。

三

红角羚羊不明白。

那么丑陋那么稀少的野狗，凭什么可以在几百万头羚羊面前残害羚羊？

他发现，跋涉的种群中，还一直跟着几只与野狗同样丑陋凶残的土狼，他们都是靠吃羚羊过活，吃饱了就嬉戏玩耍，亦是在羚羊群的鼻子底下。还有并不跟踪只默默等待的狮子及猎豹们，在扑猎羚羊时，置无数头羚羊于不顾，好像早就知道羚羊们是不会互救的！

红角羚羊走近肥大而又威风的羚羊王，在显示什么。

羚羊王愤怒了，扑向红角羚羊，比狮子还凶猛。半岁的红角羚羊被击败了，浑身是血。

继续汹涌向前时，红角羚羊一边狂奔一边想：这群体的威风只是为了一起去寻草吃吗？

四

好长时间，红角羚羊好像已归顺于群体了，只是猛吃猛长。

精明是教训给的。那次攀越一道泥沟时，他看到这样一种场景：大家争抢着攀越，后面的用头顶前面的屁股，是帮助也是排挤，弱小的便倒下了，大家便踩着攀越——只要有一点怯弱就会倒下，只要倒下就别想再站起来，包括用头将前面的同类顶上去而自

己却倒下了的同类，也照样会被同类踩死，没有商量的余地。

红角羚羊有了一悟：力量不到特别巨大时，最明智的办法是保护好自己。

五

红角羚羊毕竟是红角羚羊，他无法永远地掩饰自己。那天，大家正在吃草时，一只猎豹悄悄地爬出树丛，而后扑向一头母羚羊。

其实，红角羚羊离猎豹藏身的树丛最近，母羚羊在红角羚羊的前面，但猎豹偏偏越过红角羚羊追扑母羚羊。

其他羚羊们全都四散逃奔，直到猎豹已咬住母羚羊的脖子扭滚于地时，大家才停蹄，扭转身来观看。

红角羚羊发怒了，箭似的射向猎豹。猎豹万万没想到羚羊会进攻他，并无防备，只咬紧母羚羊的脖子僵持着，等待母羚羊窒息死亡。一声巨响，猎豹惨叫一声被顶飞了好远，一时挣扎不起来，红角羚羊继续进攻，蹄踏角击猎豹使之血肉模糊而死。

过往历史的强弱定律，被红角羚羊倒写了一笔！

红角羚羊归群时，同类们竟像躲猎豹一样地躲他，可笑可恨！

六

红角羚羊已3岁了。

3岁的红角羚羊成了同类中最雄壮也是最深沉的一员。

与其他青春期的雄性同类不同的是：红角羚羊很少在异性面前显弄自己，倒是有不少异性躲开其他雄性的纠缠而偎向他。而且，大多雄性同类对红角羚羊暗存敬畏之心，从不敢挑战。

时机已成熟了。

这天，羚羊王在属下们让出的一片肥草中静卧歇息时，红角羚羊决定行动了。羚羊王架子未倒威风尚在，但明显地带有苍老之态了，种群的跋涉也由此缓慢下来。红角羚羊觉得是取而代之的时候了。

红角羚羊沉沉缓缓地走近羚羊王，那不卑不亢的架势和憋足了劲的头角，大家一看全都明白了，都伸着头看，紧张兮兮地。羚羊王当然也看明白了，呼地立起来，钩头扎蹄像要迎战。红角羚羊却并不主动出击，在羚羊王跟前站定，一动不动。羚羊王也不出击，有点一反常态了。

僵持了一阵，红角羚羊冲向旁边的一棵树，红角一顶一摆，碗口粗的树杆齐腰折断。

红角羚羊再走近羚羊王时，羚羊王做仪式一般主动顶了红角羚羊一下，而后便塌了架子走向羚羊群。

红角羚羊成了羚羊王。

七

接任的第一天，红角羚羊王登上一个高岗，面对百万同类吼叫了好久。

灵性是可以启发的，百万头羚羊围绕着新王一齐吼叫。

第二天，奇迹出现了。

七只土狼纠结在一起，分散交错不慌不忙地走近一头母羚羊和一头小羚羊。小羚羊躲入妈妈的怀下，土狼们就像捉迷藏，你抓一下我挠一下，迫使母羚羊发疯，等着在母羚羊精疲力竭时再凶相毕露。

红角羚羊王在群体中一声吼叫，于是，百万头羚羊一起扑向七只狼，形成排山倒海之势。七只狼大惊，扭头便朝不同的方向跑。红角羚羊王继续吼叫，群体如无边无际的海潮怒啸，七只狼怎么也

跑不出围追堵截，羚羊们也无须花什么力气，如平日奔跑一样，只是将逃命改为进攻，只是像大风一般刮过，再回头看，七只狼灭亡于七处，七片污血中的破皮烂肉残骨——原来专吃羚羊的恶者是这般弱小！

八

数年里，在这片广阔天地，羚羊几乎成了百兽之王。

无须利爪，无须尖齿，仅群体之蹄加进攻意识就可以战无不胜了。包括狮子在内的所谓"强者"、"智者"们，一个个、一群群的，在羚羊的蹄下粉身碎骨，都从侵略变成了逃亡，逃亡中，一想起那百万铁蹄的风吼雷震便浑身发抖。会爬树的猎豹也难逃一死，羚羊的群角可以将所有大树击倒撞碎。

最惨烈的一次战斗：羚羊们在河边喝水时，一头羚羊遭到一条巨大的鳄鱼突袭。红角羚羊王率先扑向鳄鱼，一头接一头，那条河成了羚羊河。羚羊的血和鳄鱼的血成了血河，无数羚羊踩着死羚羊的背一跃而起，只为给鳄鱼的嘴和背一记沉重的撞击！血战持续了整整一天，鳄鱼终于浑身稀烂地死了，他无法沉入水中潜逃——他被数百头沉入水中的羚羊用头角死死顶着！

这次战斗中，红角羚羊王身负重伤。

九

羚羊毕竟太善良了。

由于善良而有了争议。

恶者们都隐退逃遁了，羚羊们开始在安逸中享受了，强者们也开始争王争霸的恶斗了，偶遇往日的恶者时，羚羊们也视若无睹不再主动进击了。

红角羚羊王养好伤之后，也归入老弱之列了，很快也在一次挑战中主动退出。新王是一位凶残而又自私的家伙。

羚羊们又开始自顾自了，数年的齐心协力又成了往日的散漫混沌。平日争食抢位，跋涉时又开始自相践踏了。

首先是一头狮子瞅出了转机，狮子跟踪观察了好久，试着走近一头小羚羊。许多羚羊看见时又有了逃跑之状，瞅见狮子有了扑猎对象时，又驻足静静地观看了。狮子咬住小羚羊的脖子，小羚羊哀叫着去看羚羊王，羚羊王竟眯上了眼睛。

十

红角羚羊的心在流血。

红角羚羊忍不住发出了吼叫，但羚羊们已难以从命——新王在旁，亦有新念在心。

红角羚羊对新王吼叫，新王一个出击便顶翻了他。

红角羚羊不愿看到百万羚羊再回到皆为弱肉的从前。

红角羚羊拼尽全身气力扑向狮子。

狮子惊慌了一下，再看看羚羊群体，便明白了，狮子放下已死了的小羚羊，迎战红角羚羊。

羚羊们仍在静静地观战。

只一个回合，红角羚羊便被狮子咬住了脖子，红角羚羊在垂死挣扎，并将头扭向同类们——他已不是为自己的生存挣扎，而是想用最后的壮烈让同类们觉醒！

 **感恩寄语**

红角羚羊是羚羊群中最先觉悟的一只，也是最后死于觉悟的一

只。静观同类遭到别的动物猎杀，似乎已经成为羚羊种群的天性，面对凶猛动物的追捕，它们只选择逃避。但是，红角羚羊是一个天生的叛逆者，在一开始小的时候，它便觉醒了，但它无法去营救，因为，只要它去营救同伴，它就会丢掉性命，它懂得，必须先把自己保护好，当有一天变得强大时，它才有可能用自己强大的身躯和意志抗衡世俗的陋习和凶猛的敌人。终于有一天，红角羚羊变得无比强壮了，它用决斗的方法取得了合法的首领地位，这时，它一呼百应，领导自己强大的种群改变了原有的战术，变逃避防御为积极进攻，自此，羚羊种群摆脱了往日任由其他动物宰割的命运。只要种群团结起来，就能对付凶猛的敌人。红角羚羊的治群宗旨并没有延承下去，当它老去的时候，种群又恢复了个体都明哲保身的劣根性。但它还是作了最后的努力，悲怆地牺牲了自己，希望以此来唤起种群的觉醒。从红角羚羊的身上我们看到的是团结的力量。

母爱是血的连系。孩子没有看懂这一幕，依旧往下边扔糖果。突然，他问我："爸爸，你怎么哭了？"

上山寻羊，村民救出孤独小熊

2008年6月29日下午，成都动物园检疫馆。一头两三个月大的黑熊趴在两米高的铁栏杆上，神情凄惨，看到有人来，它就拼命想再往上爬。"这是上周一从茂县送来的，在地震中跟妈妈失散了。真是可怜呀！"检疫馆班长曾其明说，小黑熊非常怕人，胆怯，晚上才敢下来。可能既有丢了妈妈的原因，也有地震影响的缘故。这头被称为"小帅哥"的黑熊，在山中被困38天后，终于被人解救出来。

它很坚强
地震后38天被村民捡到带下山

茂县南新镇棉簇村村民张清国养了一群山羊。汶川大地震发生后，他的家园尽毁，山羊也成了"野山羊"，漫山遍野乱跑，没人有心思去管。6月19日，地震后38天，从疏散的安置点回到当地的他终于带着小侄儿，去山上找自己的羊群。

但是，张清国此行并没有找到自家的羊群。因为走到一个山沟时，两人发现了一只小黑熊。这只小黑熊看上去瘦弱不堪、精神不佳，而且显然受了很大的惊吓。

南新镇虽不算人烟十分稀少，但时常有黑熊出没。张清国看小熊的样子可能跟母熊失散已久。他和小侄儿将小黑熊抱下了山，给它喂吃的，第二天给镇政府打了电话。

它很幸运

被紧急转送到成都动物园

南新镇政府随后联系了县林业局。茂县林业局副局长、宝顶沟自然保护区管理处处长张国树立即坐车前往张清国家，接收了这只小黑熊。

张国树判断：这只小黑熊年龄只有两个月左右，而且县里受灾严重，连住处、吃的都无法保证，根本无法尝试把这只小黑熊养大一点后放归自然。茂县林业部门工作人员在给小黑熊喂了外面运来的救灾牛奶和糖果后，便跟四川省林业厅接洽，汇报了这一情况。林业厅随后联系上成都动物园，确定由该园接纳这个"地震受灾动物"。

6月23日早晨6点多，张国树等就坐上越野车，护送小黑熊来成都。经过13个多小时的路途奔波，当晚8点，小黑熊终于抵达了成都动物园。

它很孤独

工作人员将精心照顾它长大

昨日下午，记者在成都动物园检疫馆看到，小黑熊的房间里摆放着馍馍、莴笋、蕹菜（空心菜）等食物。小黑熊却趴在老高的铁栏杆上，可怜巴巴地看着人们，看上去仍然是惊魂未定。

"它就只吃了苹果。"工作人员曾其明告诉记者，"小帅哥"（曾给小黑熊起的小名）最开始来时不怎么吃东西，还拉稀。动物园兽医连忙给它治疗。"昨天我们检查粪便已经正常了。里面还有馍馍的残渣，说明它开始吃馍馍了。"

曾其明说，他们希望用最好的照顾让小黑熊忘掉地震的伤痛，不再害怕。"它现在还有很大的心理障碍，完全是有多高趴多高。只有晚上才偷偷从铁栏杆上下来吃东西。"

成都动物园表示，将给小黑熊最好的呵护，让它尽快调养过来，并能够健康成长。

小黑熊是如何与妈妈分散的？熊妈妈去了哪里？成都动物园动物管理部工作人员刘麒麟认为，熊是一种非常护崽的动物，熊妈妈决不会离开自己的孩子。"它们失散了，要么是熊妈妈在地震中被砸死了，要么就是被崩塌的山体冲散了。"

茂县林业局副局长张国树祈愿熊妈妈平安无事，能逃过这次大劫。他同时对小黑熊在地震后38天还活着表示钦佩："那时它才一个多月大呀，还在吃妈妈的奶！不知道它这么久是吃什么、怎么挺过来的。"

（摘自2008年6月30日　《成都商报》）

🍄 感恩寄语 ✳

小熊只有一个月大，正是吃奶的年龄，但是地震让它失去了熊妈妈。当地居民张清国和侄儿在地震后的第38天到山里去寻找他的羊群，羊群没有找到，却发现了这只失去妈妈的小熊，他们当即把它抱回家，然后又联系了当地的乡政府、县林业局等几家单位。几经辗转，小熊被送进了成都动物园。小熊那么小，能在失去妈妈的情况下，独自在山中生存下来，也是一个奇迹。可见生命看起来如此脆弱，但又是那么坚强。这次汶川大地震，人和动物都表现出了极大的生命力，同时，也让我们体会到了生命的可贵，无论人还是动物只要存在可能，就不会放弃生命得以延续的机会，他们内心坚定的意志创造了一个又一个的生还奇迹。小熊之所以能够在第一时间被救起，并得到人们的照顾，这与人们的动物保护意识的增强是分不开的，人们不再乱捕滥杀，懂得保护环境，保护濒临灭绝的稀有动物。这是我们社会文明进步的表现。

> 春天必然曾经是这样，或者，在什么地方，它仍然是这样的吧？穿越烟囱与烟囱之间的黑森林，我想走访那踯躅在湮远年代中的春天。

春之怀古

春天必然曾经是这样的：从绿意内敛的山头，一把雪再也撑不住了，"扑哧"的一声，将冷脸笑成花面，一首澌澌然的歌便从云端唱到山麓，从山麓唱到低低的荒村，唱入篱落，唱入一只小鸭的黄蹼，唱入软绵绵的春泥——软如一床新翻的棉被的春泥。

那样娇，那样敏感，却又那样混沌无涯。一声雷，可以无端地惹哭满天的云；一阵杜鹃啼，可以斗急了一城杜鹃花；一阵风起，每一棵柳都吟出一则则白茫茫、虚飘飘、说也说不清、听也听不清的飞絮，每一丝飞絮都是一株柳的分号。

反正，春天就是这样不讲理、不逻辑，而仍可以好得让人心平气和。

春天必然曾经是这样的：满塘叶黯花残的枯梗抵死苦守一截老根，北地里千宅万户的屋梁受尽风欺雪压犹自温柔地抱着一团小小的空虚的燕巢，然后，忽然有一天，桃花把所有的山村水郭都攻陷了，柳树把皇室的御沟和民间的江头都控制住了，春天有如旌旗鲜明的王师，因长期虔诚的企盼祝祷而美丽起来。

而关于春天的名字，必然曾经有这样的一段故事：在《诗经》之前，在《尚书》之前，在仓颉造字之前，一只小羊在啮草时猛然感到的多汁，一个孩子在放风筝时猛然感到的飞腾，一双患风痛的腿在猛然间感到的舒活，千千万万双素手在溪畔在塘畔在江畔浣纱时所猛然感到的水的血脉……当他们惊讶地奔走互告的时候，他们决定将嘴撅成吹口哨的形状，用一种愉快的耳语的声量来为这季节命名——"春"。 鸟儿又可以开始丈量天空了。有的负责丈量天的高度，有的负责丈量天的透明度，有的负责用那双翼丈量天的高度和深度。而所有的鸟儿全不是好的数学家，它们唧唧喳喳地算了又算，核了又核，终于还是不敢宣布统计数字。

至于所有的花，已交给蝴蝶去点数；所有的蕊，已交给蜜蜂去编册；所有的树，已交给风去纵宠。而风，已交给檐前的老风铃去——记忆，——垂询。

春天必然曾经是这样，或者，在什么地方，它仍然是这样的吧？穿越烟囱与烟囱之间的黑森林，我想走访那踯躅在湮远年代中的春天。

 感恩寄语

春来了，不仅温柔而且充满生机、活力四射，甚至有些"野蛮"。"惹哭满天的白云"、"斗急一城杜鹃花"、扬起漫天的飞絮这都是她的杰作。有一句话说："冬天来了，春天还会远么？"其中充满了对春天的期盼。所以一旦春天真正到来，人们的心情便如赢得了一场战斗的胜利，激动、兴奋、难耐不已！作者在向我们娓娓道来的时候，充分发挥了"拟人"这一修辞的妙用："惹"、"斗"、"不讲理"、"不逻辑"、"苦守"、"抱着"、"攻陷"、"控制"……，让春在我们的眼前宛如一个活脱脱的野蛮、霸道、俏皮、可爱的小姑娘！

　　"穿越烟囱与烟囱的黑森林，我想走访那踯躅在湮远年代中的春天。"读到此处，我们才能明白，以上作者笔下唯美的春天都是作者所怀想的"必然是这样的"古典中的春天，而现实则多是"烟囱与烟囱的黑森林"。但是在这种黑森林的狰狞面目前，作者并没有心灵麻木地习以为常或者黯然神伤，而是十分坚定自己的信念"春天必然曾经是这样，或者，在什么地方，它仍然是这样的吧？"受作者文字和她执著信念的感染，我们的思想也不禁升华，也想与作者一起去"走访那踯躅在湮远年代中的春天"了。

第三辑
五月，花开为谁

　　人类活动改变了自然界的生态平衡，过度地砍伐森林，过度地放牧，肆意地将草原变成耕地，虽然在短时间内使人类取得了巨大的经济效益，但是却为人类自己埋下了无穷的生存隐患。

> 我站在五月的天空下，将爱情友情亲情的至美情怀，编织在清欢里，里面装满五月鲜花、草香、明月和星光，纵使时光老去，依旧芳香永恒。

五月，花开为谁

一、爱情

爱情，是一束宁静纯真的百合，是一株守望幸福的木棉。

还记得那一场温润的邂逅，简约而执著。曾经的歌声还在耳边回响，故事，依旧温暖。

我是在五月花开里等你的人，情愿为你写下一世的诗行。

当大地刚刚苏醒的时候，我亲手为你种植了一粒粒种子，种下一切与爱情有关的植物。芍药，茉莉，玫瑰，满天星，还有阳光下的美好。

阳光下，采一束芸香草暖与薄荷的清凉，伴着玫瑰的芬芳，为你写下一段不老的传奇。

也是在这个溢满花香的五月，你悄悄的走进我的世界，轻轻的漾起我平静的心湖，牵手一同步入我们魂绕梦牵的故乡。

还记得吗？在那无数个清新的黎明，我们一起倾听晨钟的敲响，在多少个人间的向晚，一同感受落日的黄昏，在驼铃声声中，我们看月牙泉缓缓的流淌，在海边轻风习习里，我们观海天一色的壮观。

我们在烟花三月的扬州赏析瘦西湖的清秀婉约，在四月的江南倾听细雨润物缠绵，在五月苏州运河边上感受睡着的古老的驿亭，沉默时，倾听彼此的心跳，惬意时，聆听花开的声音。

如果爱情是一座城，我愿是无倦的工匠，一砖一瓦垒就爱情宫殿的富丽堂皇。两个人，坚守一座城。

我在飘逸着满天星的流年里，看过驿路梨花，走过姹紫嫣红，而我的灵魂，只为你放逐。

背上行囊，依然携手走在万丈红尘的路上。

二、友情

友情，是一株春天常驻的常春藤，是一棵优雅圣洁的君子兰。

岁月的风声里飘逸着幽幽的暗香，那清澈的友情，如攀缘缠绕生长的常春藤，惺惺相惜。亦如沐浴着浅浅阳光的君子兰，暗吐芳香。

我穿越了时光的隧道、往事的风尘，看见一朵清澈友爱之花，永不凋落。在宁静中守候花开花落，轻轻微笑。

循着青涩的春藤枝蔓追忆以往的时光，那些美好的片段，静卧在相知的眼眸里。我清澈的心灵，为你敞开一扇真诚的窗，在五月的花海里自由自在地徜徉，将点点滴滴的情谊，酝酿成最美的诗句，给你。

一晃几年过去了，我们经历过一场洒泪的风雨，走过一段飘雪的长路。也许在同行的路上，有过彼此无意的伤害，也许因为某个事件，我们有些许疏离，其实正是因为这些，才考验了一份友谊的深厚。那份情意，越过风月，在岁月中的长河里，映射出生命里最美的芳华。

五月的那一天，是你的生日，我很贫瘠，拿不出像样的礼物送你，我只能在这个日暖飘香的清晨，写下一些有关你的文字，以表

心意。虽不厚重，却无比真诚。这些话，我知道只有你，能懂。

山一程水一程，那份情谊是一株自由漂移的水草，依附在时光的柔波里泛光粼粼。

行一路伴一路，这份温暖像五月绽放槐花天使，在记忆深处，四溢飘香。

我们的友情，不谈长相厮守，不论明月风情，却可以清泉煮茶，曲水流长。

我们的情意，可以同品一盏人世间的雨润山青，共拥一份天地间淡定从容，可以寻一袭烟火，虽平平淡淡，不言地久天长。

是谁说过这样一句话：有一种友爱，比时光短，比爱情长。

三、亲情

亲情，是一朵开在时光深处的康乃馨。是一株伟大而阳光的向日葵。

这是一座由血缘而铸成的坚实古堡，是一块巨大而牢固的磁石，是一条在血脉里渊源流淌的河流，是一方没有任何私欲纯洁高尚的圣地。

即使我远在天涯海角，有亲情在，于我，无惧风雨，亦是心安。

母亲，走的猝然无声，可是，她依然活生生的溶进我的生命里我的每个细胞，每滴血液里。无论何时何地，无论怎样的境遇和心情，无论荣华与清贫，无论快乐与忧伤，只要想起她，都有一种慈祥而伟大的爱可以暖我。

我深深的懂得，陪我一生的、最难以割舍的就是这一份永恒的厚重。

我一直在想，我的人生之所以美好，在于生命的底蕴里，始终流动着对母亲情最纯粹的感恩和思念。今天，我将浓重的亲情倾注于绚烂的夏花和静美的翠绿里，不再忧伤，因为我已经在日久天长中深深感悟到，母亲将生命的宠爱恩泽于我，就是想让我的生命拥有一片明媚的阳光与微笑。

因为母亲，我知道爱惜生命。因为亲情，我懂得恩重如山。

四、五月花开

一个路口一个路口的走过，一缕幽香一缕幽香的飘过。

看花，看星，看季节深处的靓丽丰盈。其实人生就是这么简单，只需一瓣心香，一抹微笑。

风吹起如花般的流年，雨飘起清丽的欢颜，晚风眼睛里的最后一抹温暖，绚丽成我命途中最美的靓点。

我站在五月的天空下，将爱情友情亲情的至美情怀，编织在清欢里，里面装满五月鲜花、草香、明月和星光，纵使时光老去，依旧芳香永恒。

五月，鲜花烂漫，香气扑鼻。她如爱情、友情、亲情一样，在这个季节融入到我们每个人的心中。我将感谢生命中的每一场雨，它带去尘埃，它驱除烦闷，感谢它的清新，感谢它的微凉。

我将感谢每一次雨后的阳光，它扫去心里的阴霾，它带来明天的希望。感谢它的明媚，感谢它的温暖，在这个多雨的五月里，我静静地感谢着，感谢春雨，感谢阳光，感谢多彩的五月。

可是，无论怎样，我可能都不会知道我真正想知道的——对于它，一条在我们身边长大老死的黑狗，在它的眼睛里我们一家人的生活是怎样一种情景，我们就这样活着有意思吗？

两条狗

刘亮程

父亲扔掉过一条杂毛黑狗。父亲不喜欢它，嫌它胆小，不凶猛，咬不过别人家的狗，经常背上少一块毛，滴着血，或瘸着一条腿哭丧着脸从外面跑回来。院子里来了生人，也不敢扑过去咬，站在狗洞前光吠两声，来人若捡个土块、拿根树条举一下，它便哭叫着钻进窝里，再不敢出来。

这样的狗，连自己都保不住咋能看门呢？

父亲有一次去50公里以外的柳湖地卖皮子，走时把狗装进麻袋，口子扎住扔到车上。他装了37张皮子，卖了38张的价。狗算了一张，活卖给皮店掌柜了。

回来后父亲物色了一条小黄狗。我们都很喜欢这条狗，胖乎乎的，却非常机灵活泼。父亲一抱回来便给它剪了耳朵，剪成三角，像狼耳朵一样直立着。不然它的耳朵长大了耷下来会影响听觉。

过了一个多月，我们都快把那条黑狗忘了。一天傍晚，我们正吃晚饭，它突然出现在院门口，瘦得皮包骨头，也不进来，嘴对着院门可怜地哭叫着。我们叫了几声，它才走进来，一头钻进父亲的腿中间，两只前爪抱住父亲的脚，汪汪地叫个不停，叫得人难受。

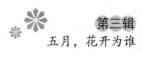

母亲盛了一碗揪片子，倒在盆里给它吃。它已经饿得站立不稳了。

从此我们家有了两条狗。黄狗稍长大些就开始欺负黑狗，它俩共用一个食盆，吃食时黑狗一向让着黄狗，到后来黄狗变得霸道，经常咬开黑狗，自己独吞。黑狗只有委琐地站在一旁，等黄狗走开了，吃点剩食，用舌把食盆舔得干干净净。家里只有一个狗窝，被黄狗占了，黑狗夜夜躺在草垛上。进来生人，全是黄狗迎上去咬，没黑狗的份儿。一次院子里来了条野狗，和黄狗咬在一起，黑狗凑上去帮忙，没想到黄狗放开正咬着的野狗，回头反咬了黑狗一口，黑狗哭叫着跑开，黄狗才又和野狗厮咬在一起，直到把野狗咬败，逃出院子。

后来我们在院墙边的榆树下面给黑狗另搭了一个窝。喂食时也用一个破铁锨头盛着另给它吃。从那时起黑狗很少出窝。有时我们都把它忘记了，一连数天想不起它。夜里只听见黄狗的吠叫声。黑狗已经不再出声。这样过了两年，也许是三年，黑狗死掉了。死在了窝里。父亲说它老死了。我那时不知道怎样的死是老死。我想它是饿死的，或者寂寞死的。它常不出来，我们一忙起来有时也忘了给它喂食。

直到现在我都无法完全体味那条黑狗的晚年心境。我对它的死，尤其是临死前那两年的生活有一种难言的陌生。我想，到我老的时候，我会慢慢知道老是怎么回事，我会离一条老狗的生命更近一些，就像它临死前偶尔的一个黄昏，黑狗和我们同在一个墙根晒最后的太阳，黑狗卧在中间，我们坐在它旁边，背靠着墙，与它享受过同一缕阳光的我们，最后，也会一个一个地领受到同它一样的衰老与死亡。可是，无论怎样，我可能都不会知道我真正想知道的——对于它，一条在我们身边长大老死的黑狗，在它的眼睛里我们一家人的生活是怎样一种情景，我们就这样活着有意思吗？

　　两条狗，却有着不同的命运，黑狗非常胆小、瘦弱，也没有见人就咬的霸气，甚至连它最基本的能力都丧失殆尽了，最终，父亲把它卖给了别人。但是黑狗一个月后又回来了，也许还是因为它的无用，才被人赶出了家门，但是，不管怎么样，它割舍不下的仍然是它的旧主人，忠诚之心还是可见的。但生活在同一屋檐下的黄狗，却有着完全相反的命运，它霸道，恃强凌弱，抢走了一切能抢的风头。黑狗始终不讨人喜欢，最终在无人问津的角落里，孤独地死去，被人遗忘。一只黑狗的命运折射出了人的晚年之境。当一个人不能自强不息，不能用双手扼住命运的时候，那么就只能任人摆布，或被人鄙夷，逐渐淡出别人的视线，孤独地度过自己的光阴，晚年的凄凉晚景让人难以面对。但是，生命历来就有强有弱，那些弱势群体本来就占有很少的生活物质，已经显示了不公平，那么占有大多数物质的强势人群，难道就没有义务给他们投去一些关怀吗？就像故事中的那只黄狗，完全可以分给黑狗一杯羹，完全可以用几声叫声给予黑狗温暖的关怀。人类也一样，只要去做，一切都会大为改观。

可怜的猎豹，它不惜以生命为代价，竟是为了看一次这样的美景！我回想着昨晚的情景，终于明白它为什么会钻到我的帐篷里：未达心志，它不愿死，它必须取暖借以延续生命！

猎豹和夕阳（节选）

我收拾好了行囊，也开始向上爬。我抛开了原先设想的登山路线。我不必担心前方会有什么不测，因为只要顺着猎豹的足迹走就不会有危险——不知为什么我会这么信赖一只次于人的动物，但我是这样地坚决！我一定要在天黑之前登上山顶，否则我会被冻死。因为向上的坡度越来越大，我根本无法把帐篷背上去，上面也不会有让我扎帐篷的地方。更要命的是，山顶的夜风有足够的力量把我在十几秒钟内冻僵，登山服根本挡不住那寒气。我一边爬着一边还得检查我的登山服的纽扣、带子、拉链。到了中午，峭壁已经陡得使我看不见山顶了。这时候，我第二次看到了那只猎豹。

它剧烈地喘息着，紧张地盯着我，足有10秒钟，然后掉头上了另一条路。我不知道上面发生了什么事让它折回来看我，但我知道必须跟着它，因为它长久地在自然中搏杀，感觉比人要灵敏得多。它一定察觉到什么危险而来阻止我——一定的！我必须快些，不然风越来越大，时间久了，雪会掩住猎豹的足迹，这会使我迷路，而且探险计划会搁浅。我大概上了山的另一边。这个鬼地方，正在风口上，雪几乎糊住了我的登山帽，我需要不断地清理它才行。风雪不断抽打在我身上，冰冷和孤独几乎窒息了我，但我无暇去想了，

我必须快！我看着它的背影，目送它再次远去。因为陡的缘故，它已经不能跳跃奔跑，它把爪子深深地抠进雪中或是岩缝里，身子紧紧贴着峭壁，向上滑进，像一只爬墙的壁虎那样灵捷和谨慎。我浑身忽然异样地充满了一股激情，这激情使我在一瞬间忘记了一切，我知道这是被猎豹所吸引着的！

不久，我突然感到峭壁猛地震动了一下，凭经验，我知道另一边发生了雪崩。在这么高的地方，居然发生了雪崩！一般来说，这里常年的厚雪早被风凝住了，又没有意外冲击，根本不可能雪崩的。上帝，要不是那只猎豹，我一定死了，伴着永远的雪峰，而且真与天地同在了，直到地球毁灭的那一天！

临近黄昏的时候，我终于到达了山顶。我第三次看到了猎豹。它迎着轰响如雷的厉风，蹲在这山顶亘古不化的积雪中。它身上均匀地洒着金色的阳光，像一尊金塑的雕像。这情景是那样凝重，那样庄严，连上帝也会被感动。它就这么一动不动地看着远方。天地都在沉默，唯有风在鸣。这就是我们脚下的一切。云霞含着千峰万岭，吞吐着万象气息，在斜阳余晖映照之下，它们变幻着橙红色的光华，从远天一直流到我们的头上；流云在疾风骤行中如千军万马，轰鸣驰过我们的头顶。五色的霞光泄出，如遥远天边的玫瑰，点染得群山俱羞，唤来薄薄的雾遮住曾经伟岸的身躯。夕阳尽情挥洒天地间的风云，叱咤着万种豪迈与温柔；缤纷绚丽的光环交织着光与火的诗篇，燃烧天宇之外的恢弘，纤柔如指的光线弹奏着血色的交响，咏颂苍穹无限的壮美。一曲未毕，天边的霞光已如点点的涟漪，散如落花，垂至心头，积成弯弯的彩虹，久久也不退散……

我忘记了人和动物的界限，和猎豹一起融进这部不朽的天作之中。我忘情地把手搭在它的头上。它用尽全身力气，向太阳长啸一声，长啸声中迸发出冲天的激情，一直奔射到夕阳之外，拥抱天宇中的一切！我们都被凝固了，很久很久……不是风雪，而是此时此地。

天快黑了，我们必须下山了，我推了推猎豹，它不动，再推，还不动。这时我才发觉它已经被冻得僵硬了。可怜的猎豹，它不惜以生命为代价，竟是为了看一次这样的美景！我回想着昨晚的情景，终于明白它为什么会钻到我的帐篷里：未达心志，它不愿死，它必须取暖借以延续生命！现在它真的如愿了，并报以生命中最后一声长啸。在它不瞑的笑目中，是否留下了永久的心境？它与天地同在了，而且永远，直到地球毁灭的那一天。它的心境永远比我的要壮美，因为它付出了它的生命。我应该记录下这一孤独伟大的精灵。我终于想起了我的照相机，并为它拍了张遗照。我知道我没权利再占有猎豹的一切，我下了山。

我把这个故事说给别人听，但没人相信。没人相信猎豹会出现在那种地方，更没人相信猎豹会欣赏夕阳。我辞去了登山的差使，因为想起那只猎豹，我便自惭形秽，加上这次登山没能完成我的主顾给我的任务。但，我一生中这最后一次登山已经嵌入了我的生命。我唯一的遗憾是关于那张照片。照片洗不出来了，那地方太冷，即使防冻相机的快门也被冻住了，胶片根本没曝光。这故事，只有永远说给我一个人听了。

感恩寄语

读罢此文，一种力量在心中缓缓升起。

孤独而高傲的猎豹进入"我"的帐篷取暖保存体力，一步一步克服艰难险阻，不惜付出生命的代价，登上山顶欣赏夕阳的壮美，

并报以生命中最后的一声长啸。终于，它与天地同在了。它和人类的交流，和自然的身心融合，在恶劣的自然环境下又是显得如此地珍贵，如此地温暖。

我忘记了人和动物的界限，和猎豹一起融进这部不朽的天作之中。我忘情地把手搭在它的头上。人、猎豹与自然和谐相处，浑然一体。这是一幅多么让人感动的美丽画卷啊！

大自然不仅仅属于人类，还属于生活在地球上的所有拥有生命并热爱生命的生物！所有美景的绽放并不只是为了人类。大自然如此美丽，我们也许并没有用猎豹这样的心境去欣赏过它，只顾自己忙碌而烦乱地生活。自然的美，在猎豹的衬托下，显现出一种神圣的光环。

人们往往以为，鳄鱼是凶残的，把鳄鱼的眼泪看做是虚伪的代名词。至于鳄鱼为何流泪，自有科学解释。这里讲的是个有关鳄鱼流泪的故事，读者们尽可发挥自己的想象力，作一些更美好的解释。

流泪的鳄鱼

方　园

人们往往以为，鳄鱼是凶残的，把鳄鱼的眼泪看做是虚伪的代名词。至于鳄鱼为何流泪，自有科学解释。这里讲的是个有关鳄鱼流泪的故事，读者们尽可发挥自己的想象力，作一些更美好的解释。

在非洲东部的索马里，有条朱巴河。在朱巴河入海口处，有个村庄，村子里住着个叫米西的人家。他家住在河边。河里有不少鳄鱼。他们家跟鳄鱼和睦相处，老米西还给一头鳄鱼起名叫多罗巴。只要老米西来到河边，一面拍手一面叫唤"多罗巴，多罗巴"，那条大鳄鱼就会游过来，张开大嘴向他讨东西吃。老米西用鱼虾及螺蛳之类喂养鳄鱼。他也借助鳄鱼凶残的坏名声，才躲过了白人和上邦主的多次迫害。

多罗巴对米西家的记忆，从它幼年时就开始了。那时，它和几个兄妹住在母鳄鱼的嘴巴里。它们肚子上还挂着一条没有完全吸收掉的卵黄带。这卵黄带既容易弄断，又容易引起鹳鹤们的食欲，因此，住在母亲下腭底部那个特别的皮袋里，仿佛躺进带盔甲的襁褓，又舒服又安全。母鳄听见老米西在河边叫唤，就游了过去，把

多罗巴和它的兄妹吐在旁边，张开嘴接受喂食。

多罗巴和兄妹们也常常张开嘴来，但老米西并不将螺蛳肉和蚌肉投到它们嘴里，只是蘸一点可口的汁水，让它们品尝品尝。等它们消化得了那些食物后，老米西才兴高采烈地让它们一个个吃得摇头摆尾，半天也不肯离开。

鳄鱼多罗巴长到8岁时，老米西去世了，米西接替了父亲的工作，按时跑到河边来喂它，跟它讲许多鳄鱼们听不懂的话。米西喂了它四年。这年，多罗巴成熟了，它在一处偏僻、幽静的河滩上挖了个沙坑，生下三十多只跟鹅蛋差不多大小的蛋，小心地用沙子盖好，守在一边，让鳄鱼蛋自然孵化。

这段时间，鳄鱼多罗巴和其他孵蛋期的母鳄鱼一样，变得非常暴躁，谁敢来动一动这儿的沙子，它就会毫不客气地发起猛烈进攻，直至把对方赶走或咬死。

有一次，一条巨蜥爬过来，气势汹汹地向第一次做母亲的鳄鱼多罗巴发起攻击。它曾偷吃过另外几条鳄鱼的蛋，根本不把年轻的多罗巴放在眼里。

果然，鳄鱼多罗巴掉转身子，像是害怕得不战而退了。巨蜥大大咧咧爬过去，正要去扒沙子，没料到鳄鱼多罗巴的尾巴猛地横扫过来，一下子把巨蜥的脖子打歪了。接着，它迅速转过头，张开大嘴，咬住昏死过去的巨蜥，把它一步步拖到水里，活活淹死。然后又回到沙坑旁，专心致志地孵蛋。河水很快把巨蜥的尸体冲走，送给别的鳄鱼当食物，而孵蛋的母鳄鱼，一般是不吃什么东西的，一直要挨到三个月后，等小鳄鱼破壳出世才进食。

由于米西一家和鳄鱼多罗巴家族的特殊关系，鳄鱼多罗巴和它的母亲一样，这期间常忍不住到米西家去美餐一顿，再急忙赶回来孵蛋，这样，它们不至于饿得太厉害，待到小鳄鱼出世后，还有较多精力哺育和保护它们。

三个月终于过去了。鳄鱼多罗巴细细倾听着沙子下面的动静，却一点儿声音也没有！蛋里应该发出咯咯的声音，那是小鳄鱼在里边用嘴顶壳的声音，这时母鳄鱼就应该扒开沙子帮小鳄鱼弄开硬壳，再把它们一一小心地衔到嘴里，放在下腭底部的育儿袋里。鳄鱼多罗巴太熟悉这个工作了，它多么想亲自把儿女们衔到嘴里，好好亲热一番呀！

但是，沙子下还是毫无动静！

母鳄鱼焦急而又耐心地又等待了半个月，沙子底下还是一点声音也没有。它终于忍耐不住了，两只前肢紧张地扒划起来，原来只有30厘米深的坑挖到近100厘米深，竟没找到一只鳄鱼蛋！

30只鹅蛋大的鳄鱼蛋，垒起来有好大一堆，它们到哪儿去了呢？怎么会连蛋壳也没有半片呢？

鳄鱼多罗巴死一般地躺在沙坑旁，木木的眼睛里淌下悲哀的泪水。

半年过去了。鳄鱼多罗巴又到了产孵的季节，它选择了一个更偏僻更幽静的河滩，挖好沙坑，又生下30只鳄鱼蛋。盖上沙子之前，它把蛋又一只只衔出来，舌头感觉到了这些可爱的宝宝的温暖和圆润，再把它们小心地排在沙坑里，轻轻拨动沙子，给它们盖上薄薄的一层，再盖上薄薄的一层，直到将沙坑填平，微微隆出一点，最后，它喘着气，慢慢爬到沙堆上，紧张地趴在上面。

三个月又过去了。

这一次，它几乎没有离开过它心爱的鳄鱼蛋，也没有巨蜥来打扰，只是看见有两只猎狗在远处向这里窥视，有条蟒蛇慢悠悠地游过。

但是，沙子底下仍是没有动静。又过去半个月，翻开沙子一看，30只鳄鱼蛋竟又不翼而飞了！

鳄鱼多罗巴痛苦地挺直身子，翻身滚进沙坑，喔哦喔哦地叫起来，它猛地一个翻身，呼地窜到河里，看见什么撕咬什么，最后，它的牙齿深深地嵌在一棵大柳树上，它挣扎了半天，才脱出身来。它游回那个沙坑，趴在里面，呆呆的眼睛里又充满了泪水。

但是，鳄鱼是顽强的动物，多罗巴并没有绝望。在又一个产卵季节里，它寻找到一个宁静的河湾，又把30只漂亮的蛋整齐地产在沙坑里。

这一次，它下决心一步也不离开心爱的鳄鱼蛋，任何东西都不吃，全神贯注地守护自己的小宝宝。

一个多星期过去了，它早已饿得发慌，但仍专心地趴在一旁，望着太阳光柔和地照着那微微隆起的沙堆。

突然，河湾的另一头传来了熟悉的拍手声，接着，米西的呼唤声传来了："多罗巴，多罗巴，该吃点东西啦……"

这声音真亲切！米西家世世代代就是这样在河边呼唤鳄鱼，给它们喂食的。想起米西铁桶里的螺蛳肉和蚌肉，鳄鱼多罗巴馋得咽了下口水。

但是，这次它下决心不赶过去吃那可口的食物了，虽然来去花不了多少时间，但毕竟会把小宝贝扔在这里啊。想到它们可能再次丢失，鳄鱼多罗巴将脑袋朝向别处，不去理会米西的亲切召唤。

过了好一会儿，那拍手声变得越来越近，呼唤声也越来越近，鳄鱼多罗巴忍不住回过头来，发现米西已经来到它身边，笑着对它说："怎么，今天一点东西也不想吃啦？来一点吧，别太辛苦了。这是新拌好的螺蛳肉和蚌肉，喷香！"

　　说完，米西从铁桶里抓出一大把食物，拎得高高的，引逗鳄鱼多罗巴张开大嘴，一下子扔了进去，接着，又扔进一大把。

　　多罗巴点点头，表示已经够了。米西拍拍手，说声"再见"，很快就在河湾的另一头消失了。

　　这时，鳄鱼多罗巴将还没吞下去的食物吐了出来，伸出爪子扒弄着。螺蛳肉和蚌肉很香，但似乎和平时喂的有点不一样，里面多了点什么东西。鳄鱼多罗巴忽然记起来了，前几次孵小鳄鱼时，也闻到食物里有这种香味，吃过后似乎昏昏欲睡，迷迷糊糊，很是舒服。但是这次，它再也不许自己有半点儿迷糊了！它拨了一些沙子，把吐出来的食物全部盖上，免得它们的香气引得自己发馋。

　　过了好一会儿，鳄鱼多罗巴发现，有个人挎着只大竹篮，悄悄地朝这边潜行过来。那人头上插着根大羽毛，颈中挂着一大串珠子，打扮得怪模怪样。

　　鳄鱼多罗巴是怕见陌生人的，它悄悄爬到一棵断树旁边，像根枯木似的躺在那里。

　　那人来到沙堆旁边，四下打量了一番，自言自语地说："到底把那些东西吃下去了！这次，够你睡三天三夜的！"说完，他就放下篮子，伸出贪婪的双手，狠狠地扒起沙子来。

　　这简直是要鳄鱼多罗巴的命！

　　它再也不怕什么陌生人不陌生人了！它摆动着大尾巴，呼啦啦蹿过去，猛地咬住了那人蘸满沙子的双手，将他狠狠地朝河里拖去。

　　这时，那人拼命号叫起来："放开我！我是巫师！放开我，我是巫师……"

见鳄鱼多罗巴不理睬他，那人掉头朝河湾那一头高喊起来："米西，快来救我！这该死的鳄鱼没有麻醉过去……"

这时，米西从远处奔跑过来，一面大声喊道："多罗巴，别伤害他！是我的孩子病了，他说要用你的蛋熬成药我才让你吃下麻醉药的，快放开他吧！"

鳄鱼多罗巴听不懂他们在说些什么，也不想听懂他们说些什么，反正，谁敢碰一下它的蛋，它就叫他完蛋！鳄鱼多罗巴的腭是强有力的，谁也别想从它咬紧的嘴里脱身！

巫师的身体全浸在河水中了，他哀求道："放开我吧，我说实话！我和米西合伙，偷了你的蛋，饶了我吧！"鳄鱼多罗巴是无法听懂人类的语言的。

它将巫师踩到河底，蹲在他的身上，又将凸出的眼睛和鼻孔露出水面，凶狠狠地冲着跑过来的米西。米西惊恐地盯着它，忽而，没命地往回逃走了。

鳄鱼多罗巴眨了眨眼睛，不知为了什么，流下了两行泪水。

 **感恩寄语**

情未到深处，情到深处，鳄鱼也会流下眼泪。任何动物当感觉不到威胁存在，或者让它觉出人类对它的善意时，都能和人类建立一种和谐、信任的关系。鳄鱼之所以凶残，是因为人类站在了它的对立面，就像故事中的多罗巴和米西那样。

多罗巴从出生时就受到了老米西照料，老米西用鱼虾及螺蛳之类喂养它。只要一听到他熟悉的叫唤声，它就知道美餐来了，一直到老米西去世，他的儿子小米西接替了照料它们的工作。多罗巴到了生育的季节，顺利产下了30只蛋，在焦虑的等待中盼望它的宝宝破壳而出。但是三个月漫长的守候得到的却是30只蛋不翼而飞的悲伤。接连两次都是这样，第三次，多罗巴决心宁愿不吃任何食物也要寸步不离地守在产卵的地方，看着宝宝出生。然而，这次，多罗巴终于弄清了自己的宝宝丢失的原因。望着米西惊恐逃窜的背影，它留下了两行泪水，它为多年来它们和米西家族建立的信任和友谊在突然间断送而悲哀，也为保住了自己孩子的生命而欣喜，更为认清了人类的狡诈无情而感到幸运。

> 我一个人占有这个忧愁的世界，然而我是多么爱惜我这个世界呀。我有一个喷泉深藏胸中。

绿

我独处在我的楼上。

我的楼上？——我可曾真正有过一座楼吗？连我自己也不敢断言，因为我自己是时常觉得独处楼上的。西北有高楼，上与浮云齐，这个我很爱，这也就是我的楼上了。

我独处在我的楼上，我不知道我做些什么，而我的事业仿佛就是在那里制造淳厚的寂寞。我的楼上非常空落，没有陈设，没有壁饰，寂静，昏暗，仿佛时间从来不打这儿经过，我好像无声地自语道："我的楼吗，这简直是我的灵魂的寝室啊！我独处在楼上，而我的楼却又住在我的心里。"而且，我又不知道楼外是什么世界，如同登山遇到了绝崖。绝崖的背面是什么呢？绝崖登不得，于是感到了无可奈何的惆怅。

我在无可奈何中移动着我的双手。我无意间，完全是无意地以两手触动到我的窗子了（我简直不曾知道有这个窗子的存在），乃如深闺中的少妇，于无聊时顺手打开一个镜匣，顷刻间，在清光中照见她眉宇间的青春之凋亡了。而我呢，我一不小心触动了这个机关，我的窗子于无声中豁然开朗，如梦中人忽然睁大了眼睛，独立在梦境的边缘。

我独倚在我的窗畔了。

　　我的窗前是一片深绿，从辽阔的望不清的天边，一直绿到我楼外的窗前。天边吗？还是海边呢？绿的海接连着绿的天际，正如芳草连天碧。海上平静，并无一点波浪，我的思想就凝结在那绿水上。我凝视着，我沉思着。忽然，我若有所失了，我的损失将永世莫赎，我后悔我不该发那么一声叹息。我的一声叹息吹皱了我的绿海，绿海上起着层层的涟漪。刹那间，我分辨出海上的萍、藻，海上的芰、荷，海上的芦与荻，这是海吗？这不是我家的小池塘吗？也不知是暮春还是初秋，只是一望无边的绿，绿色的风在绿的海上游走，迈着沉重的脚步。风从未吹入我的窗户，我觉得寒冷，我有深绿色的悲哀，是那么广漠而又那么深沉。

　　我一个人占有这个忧愁的世界，然而我是多么爱惜我这个世界呀。我有一个喷泉深藏胸中。这时，我的喷泉开始喷涌了，等泉水涌到我的眼帘时，我的楼乃倾颓于一刹那间。

感恩寄语

　　"我独处在楼上，而我的楼却又住在我的心里。"那座一个人独处的高楼更像是一座与世隔绝的孤岛，而"我"就像一个精神上的囚徒，不知道自己居于何处，心飘向何方。然而，就在不经意间"我"双手推开了那扇似乎并不存在的小窗，于是，"我"的眼中，被无穷无尽的绿覆盖了，那是一片浩瀚无边的绿色海洋，"我"的一声叹息，就吹起了阵阵绿色的涟漪，"我"分不清哪里是"海上的萍、藻，海上的芰、荷，海上的芦与荻，"是否还是我家乡的小河塘，一股思乡之情随着这无边的绿色荡漾在内心，所有的忧愁和烦闷都在思绪的荡漾里被浸染得烟消云散。"我的喷泉开始喷涌了，等泉水涌到我的眼帘时，我的楼乃倾颓于一刹那间。"

忽明忽暗，亦真亦幻，意象消失在突然之间。

　　一个人的忧愁会占尽了整个世界，但打开自己的心窗，封闭自己的楼阁就会轰然倒塌，重新垒砌的是明丽的世界。

腹部隐隐传来阵痛，是孩子，它想出来了。母骆驼跪下来，头轻轻地甩甩，对腹中的孩子说："别急，很快就到意达林了，那是世界上最美的地方！"

骆驼泪

吴旭涛

狂风在荒漠呼啸，黄沙恣意飞扬。

12天了，母骆驼没有找到一点食物，驼峰明显地瘪了。这渺无人烟的荒漠似乎没有尽头。它嗅不到一丝一毫水的清新之气，也未曾看到有绿洲的影子。都说骆驼是沙漠之舟，可现在连骆驼也感到一丝丝不祥，真的走不出去了吗？

12天前，母骆驼离开了居住了很久的大沙漠，它是最后一个离开的，驼群老早就迁移去寻找新的家园了。大沙漠的环境越来越差了，没有食物，更找不到水源，连久居这里的骆驼们都受不了了，纷纷离开。它是要给未出生的孩子找一个水草丰茂的好地方，让孩子一睁眼看到的是美丽的绿色，而不是那一望无际的茫茫大漠。三年前它曾到过一个叫意达林的草原，那里的天空湛蓝湛蓝的，云儿自在地游荡在空中，微风拂过去时，半人高的牧草如波浪般起伏，洁白的羊群若隐若现，银光闪闪的小河唱着欢乐的歌横穿过草原，让母骆驼陶醉。它暗暗想，以后一定要带自己的孩子来这里。

腹部隐隐传来阵痛，是孩子，它想出来了。母骆驼跪下来，头

轻轻地甩甩，对腹中的孩子说："别急，很快就到意达林了，那是世界上最美的地方！"其实它自己也吃不准究竟到了什么地方，印象中意达林离大沙漠也没有多远，可现在走了12天了，还没走出大漠，难道走错路了？这两天眼睛好疼，视线越来越模糊，常常只能看到黄乎乎的一片。不会是生病了吧，那可不好办。

母骆驼艰难地站起身，膝部却软软的，使不上劲，身子晃了两晃又瘫倒在黄沙上。耳畔响起了狂风呼啸声，母骆驼赶紧闭上双眼，要是让沙子打进眼里就糟了。母骆驼暗自庆幸自己有着双重睫毛的抵挡。狂风夹杂着大颗粒黄沙直扑它的面部，眼球一阵刺痛，它抽搐了两下，便昏了过去。

母骆驼是痛醒的，腹部袭来阵阵绞痛，小骆驼终于按捺不住要出来了，也许它是以为意达林到了吧。母骆驼睁开眼，可是黑乎乎的什么都看不见，只能感觉到有一丝极其微弱的光。它敏锐地感觉到它已经让黄沙打瞎了双眼，双重睫毛早在前十几天中就让风沙给磨损了，根本无法再起保护作用。

母骆驼无暇为自己悲哀，小骆驼在腹中剧烈地踢腾，不久它就会出来，只要孩子平安无事，自己怎样都无所谓。一阵剧痛之后，母骆驼感觉到孩子已经脱离了自己，遗憾的是，孩子第一眼看到的仍是大漠风沙。

"站起来，孩子，快站起来！"母骆驼急切地对孩子呼唤。驼群有个规律，小骆驼一般在出生后半小时就可以站起来，如果超过三小时还站不起来，就意味着等待小骆驼的只有死亡，要是小骆驼死了，母骆驼就会不吃不喝，过不了几天也会随之而去。时间一分一秒地流逝，小骆驼一次又一次地尝试，一次又一次地挣扎着四肢，可是终究无法站立。半小时过去了，一小时过去了，三小时过去了，小骆驼始终站不起来。它又怎么站得起来，母骆驼怀它的时候，在荒漠中过的是饥一顿饱一顿的生活，而今又经历了十几天的长途跋涉，滴水未进，孩子营养不良，怎么有力气站起来？

母骆驼被一种莫名的恐惧包围着，它已经感受到了死神的脚步正在逼近，可这不是恐惧的原因。它现在已经不怕死亡了，小骆驼走了，可怜的刚出生就夭折的孩子，它来到人世只有三个半小时，还未曾见过绿色，死了都不甘啊。母骆驼知道自己很快就会去陪它，要给它讲绿色的故事，给它讲美丽的意达林。母骆驼终究没能搞懂是什么让它恐惧，就带着它对意达林的向往走了，眼角挂着一滴浑浊的泪。狂风又起，泻洪般的沙流瞬时吞噬了它们的尸首，只在风起处留下那森森白骨，在黄沙的半掩埋中透着股悲凉。母骆驼永远也不会知道，就在它倒下不远处，一块大大的界碑上朝着沙漠这面有几个鲜红的字：意达林！那恐惧正是来自意达林，因为短短三年意达林已经变成了比大沙漠更大的沙漠。母骆驼终究算是圆了它带着孩子到意达林的梦想，只是绿色成了永远的梦。

感恩寄语

母骆驼在一望无际的沙漠里走了12天，始终不放弃心中的梦想，它要带着它即将出世的孩子找到水草丰美的地方，那个地方就是意达林。而眼前一望无际的沙漠让它感到疑惑，曾经的意达林是否还有找到的希望。更可怕的是它的孩子就要降生，它不想让自己的孩子一出生就看到满眼的黄沙。它挺住自己的身子，在暴虐的风沙中艰难前行，但它最终也没有到达心中理想的地方，孩子也在风

沙里降生后随即死亡。风沙埋葬了它们的尸骨，所幸的是到死后它并不知道曾经的意达林如今已经变成了更大的沙漠。

如果地球上剩下最后一滴水，那不是人类的而是骆驼的眼泪。自然界遭受了前所未有的破坏，环境的恶化造成了越来越多的草原土地沙漠化，而沙漠在风的协助下，又侵吞了越来越多的草原农田，这是自然对人类的惩罚。如果人类不节制对自然界的破坏行为，那么一对骆驼母子的遭遇将是人类自己的缩影。

进入20世纪30年代，美国经历了一次百年不遇的严重干旱，南部大平原风调雨顺的日子彻底结束，一场场大灾难随之而来。

美国 "黑风暴"

许　辉

1870年以前，美国南部大平原地区是一个生机勃勃的草原世界。那时，扎根极深的野草覆盖着整个大平原，这里土壤肥沃，畜牧业发达，一片人与自然和谐共处的景象。1870年后，美国政府先后制定多项法律，鼓励开发大平原。尤其是一战爆发后，受世界小麦价格飙升的影响，南部大平原进入了"大垦荒"时期，农场主纷纷毁掉草原，种上小麦。经过几十年发展，大平原从草原世界变为"美国粮仓"。但与此同时，这里的自然植被遭到严重破坏，表土裸露在狂风之下。

进入20世纪30年代，美国经历了一次百年不遇的严重干旱，南部大平原风调雨顺的日子彻底结束，一场场大灾难随之而来。

1934年5月12日，一场巨大的"黑风暴"席卷了美国东部的广阔地区。沙尘暴从南部平原刮起，形成一个东西长2400公里、南北宽1500公里、高3.2公里的巨大的移动尘土带。狂风卷着尘土，遮天蔽日，横扫中东部。尘土甚至落到了距离美国东海岸800公里，航行在大西洋中的船只上。风暴持续了整整三天，掠过美国三分之二的土地，刮走3亿多吨沙土，半个美国被铺上了一层沙尘。仅芝加哥一地

的积尘就达1200万吨。风暴过后，清洁工为堪萨斯州道奇城的227户人家清扫了阁楼，从每户阁楼上扫出的尘土平均有2吨多。

1935年春天，一场沙尘暴再次震惊了美国。从3月份开始，南部大平原上开始大风呼啸、飞沙走石。大风刮了整整27个昼夜，3000多万亩麦田被掩埋在了沙土中。4月14日是星期天，这天对于俄克拉荷马州盖蒙城的居民来说却是不堪回首的"黑色星期天"。在沙尘飞舞数周后，盖蒙城的人们终于欣喜地看到太阳出来了。大家纷纷走出家门，或在蓝天下沐浴阳光，或上教堂做礼拜，或出门野营。但到了下午时分，气温骤然下降，成千上万只鸟黑压压地从人们头顶飞过，划破了天空的寂静。突然，一股沙尘"黑云"涌出地平线，急速翻滚而来。行进中的汽车被迫停下，在自家庭院里的居民只好摸着台阶进门，行人则急忙寻找藏身之地，很多人因一时找不到藏身地，只好原地坐下，沙尘中他们感觉如同有人拿大铁锹往脸上扬沙一般。大风吹了四个多小时才渐渐减弱，有人就这样在漆黑中煎熬了四个多小时，心中默默祈祷，时时担心会因窒息而死亡。后来，人们回忆起那段经历时仍不寒而栗，"我们整天与沙尘生活在一起，吸着灰气，吃着尘埃，看着沙尘剥夺我们的财产，世界上没有一只车灯可以照亮黝黑的空气，诗情画意般的春天变成了古代传说中的幽灵，噩梦变成了现实。"

在持续十年的沙尘暴中，整个美国有数百万公顷的农田被毁，牲畜大批渴死或呛死，风疹、咽炎、肺炎等疾病蔓延。沙尘暴还引发了美国历史上最大的一次"生态移民"潮。

到1940年，大平原的很多城镇几乎成了荒无人烟的空城，总计有250万人口外迁。当时，在南部诸州的交通干道上，人们时常看到被沙尘暴扫地出门的移民大军浩浩荡荡地向加利福尼亚进发。一本当时的畅销小说这样写道："无数的人们，有坐汽车的，有乘马车的，无家可归，饥寒交迫；2万、5万、10万、20万逃难者翻山越岭，像慌慌张张的蚂蚁群，跑来跑去；地上任何东西都成了果腹的食物。"

由于加州接受能力有限，当地政府不断派人劝阻移民们去往别处。但是逃难者根本不听劝告。加州政府不得不动用警察，在州界充当人墙，不让移民进入。即便如此，移民们仍是蜂拥而至。

美国的一些有识之士很早就认识到沙尘暴的严重危害。20世纪30年代初，美国"土壤保持之父"贝纳特就曾经领导了一场颇具规模的"积极保持土壤"运动。由于当时美国深陷经济大萧条中，沙尘暴并未引起广泛注意，国会根本不理睬他的建议。1935年4月，贝纳特参加国会听证会时，适逢南部平原发生"黑色星期天"，经历了这场沙尘暴噩梦后，议员们终于清醒了过来。在贝纳特的推动下，国会很快通过了《水土保持法》，以立法的形式将大量土地退耕还草，划为国家公园保护了起来。

时任美国总统的富兰克林·罗斯福也很重视治理沙尘暴，他招募了大批志愿者到国家林区开沟挖渠、修建水库、植树造林，每人每月报酬30美元。1933–1939年，至少有300万人参加了这一计划。这项措施既帮助失业者解决了就业问题，又种了无数棵树，营造了防风林带，为缚住沙尘暴立下了汗马功劳。到1938年，南部65%的土壤已被固定住。第二年，农民们终于迎来了久盼的大雨，大平原地区的沙尘暴天气开始逐渐好转，美国人在与沙尘暴的战争中终于获得了初步胜利。

  人类活动改变了自然界的生态平衡，过度地砍伐森林，过度地放牧，肆意地将草原变成耕地，虽然在短时间内使人类取得了巨大的经济效益，但是却为人类自己埋下了无穷的生存隐患。以美国为例，资本经济的发展，促进了资本的扩张，1870年以前，美国的东南部是一望无际的广阔的大草原，1870年以后，美国为了经济利益，制定许多法律鼓励开发大草原，把草原变成了美国的大粮仓，但是，几十年后，自然给予了他们毁灭性的报复，刮起了席卷一切的沙尘暴，带给美国空前的灾难。直到后来，政府采取了退耕还草的政策，黑色沙尘暴对人类的惩罚才就此罢休。

  近年来，地球上各处不仅出现了沙尘暴，而且洪水肆虐，灾害天气频发，这些都是自然给人类敲响的警钟。地球是人类唯一的生存家园，人类只有时刻加以保护，充分认识到和大自然的依赖关系，才能保持生态平衡，与自然和谐共进。

第四辑
生命传递的悲壮

　　生命是珍贵的，人类渴望生命，其他生物又何尝不是呢？我们崇拜为人类延续生命的母亲；我们也钦佩为生物延续生命的母亲。它们甚至比人类更伟大，更令人佩服，更令人动容！

> 它美得秀韵多姿，美得雍容华贵，美得绚丽娇艳，美得惊世骇俗。它的美是早已被世人所确定、所公认了的。它的美不惧怕争议和挑战。

牡丹的拒绝

张抗抗

它被世人所期待、所仰慕、所赞誉，是由于它的美。

它美得秀韵多姿，美得雍容华贵，美得绚丽娇艳，美得惊世骇俗。它的美是早已被世人所确定、所公认了的。它的美不惧怕争议和挑战。

有多少人没有欣赏过牡丹呢？

却偏偏要坐上汽车火车飞机轮船，千里万里跋山涉水，天南海北不约而同，揣着焦渴与翘盼的心，涛涛黄河般地涌进洛阳城。

欧阳修曾有诗云：洛阳地脉花最重，牡丹尤为天下奇。

传说中的牡丹，是被武则天一怒之下逐出京城，贬去洛阳的。却不料洛阳的水土最适合牡丹的生长。于是洛阳人种牡丹蔚然成风，渐盛于唐，极盛于宋。每年阳历四月中旬春色融融的日子，街巷园林千株万株牡丹竞放，花团锦簇香云缭绕——好一座五彩缤纷的牡丹城。所以看牡丹是一定要到洛阳去看的。没有看过洛阳的牡丹就不算看过牡丹。况且洛阳牡丹还有那么点来历，它因被贬而增值而名声大噪，是否因此勾起人的好奇也未可知。

这一年已是洛阳的第九届牡丹花会。这一年的春却来得迟迟。

连日浓云阴雨，四月的洛阳城冷风嗖嗖。

街上挤满了从很远很远的地方赶来的看花人。看花人踩着年年应准的花期。明明是梧桐发叶，柳枝滴翠，桃花梨花姹紫嫣红，海棠更已落英缤纷——可洛阳人说春尚不曾到来；看花人说，牡丹城好安静。

一个又冷又静的洛阳，让你觉得有什么地方不对劲。你悄悄闭上眼睛不忍寻觅。你深呼吸掩藏好了最后的侥幸，姗姗步入王城公园。你相信牡丹生性喜欢热闹，你知道牡丹不像幽兰习惯寂寞，你甚至怀着自私的企图，愿牡丹接受这提前的参拜和瞻仰。

然而，枝繁叶茂的满园绿色，却仅有零零落落的几处浅红、几点粉白。一丛丛半人高的牡丹植株之上，昂然挺起千头万头硕大饱满的牡丹花苞，个个形同仙桃，却是朱唇紧闭，皓齿轻咬，薄薄的花瓣层层相裹，透出一副傲慢的冷色，绝无开花的意思。偌大的一个牡丹王国，竟然是一片黯淡萧瑟的灰绿……

一丝苍白的阳光伸出手竭力抚弄着它，它却木然呆立，无动于衷。

惊愕伴随着失望和疑虑——你不知道牡丹为什么要拒绝，拒绝本该属于它的荣誉和赞颂？

于是看花人说这个洛阳牡丹真是徒有虚名；于是洛阳人摇头说其实洛阳牡丹从未如今年这样失约，这个春实在太冷，寒流接着寒流怎么能怪牡丹？当年武则天皇帝令百花连夜速发以待她明朝游玩上苑，百花慑于皇威纷纷开放，唯独牡丹不从，宁可发配洛阳。如今怎么就能让牡丹轻易改了性子？

于是你面对绿色的牡丹园，只能竭尽你想象的空间。想象它在阳光与温暖中火热的激情；想象它在春晖里的辉煌与灿烂——牡丹

开花时犹如解冻的大江，一夜间千朵万朵纵情怒放，排山倒海惊天动地。那般恣意那般宏伟，那般壮丽那般浩荡。它积蓄了整整一年的精气，都在这短短几天中轰轰烈烈地迸发出来。它不开则已，一开则倾其所有挥洒净尽，终要开得一个倾国倾城，国色天香。

你也许在梦中曾亲吻过那些赤橙黄绿青蓝紫的花瓣，而此刻你需在想象中创造姚黄魏紫豆绿墨撒金白雪塔铜雀春锦帐芙蓉烟绒紫首案红火炼金丹……想象花开时节洛阳城上空被牡丹映照的五彩祥云；想象微风夜露中颤动的牡丹花香；想象被花气濡染的树和房屋；想象洛阳城延续了一千多年的"花开花落二十日，满城人人皆若狂"之盛况。想象给予你失望的纪念，给予你来年的安慰与希望。牡丹为自己营造了神秘与完美——恰恰在没有牡丹的日子里，你探访了窥视了牡丹的个性。

其实你在很久以前并不喜欢牡丹。因为它总被人作为富贵膜拜。后来你目睹了一次牡丹的落花，你相信所有的人都会为之感动：一阵清风徐来，娇艳鲜嫩的盛期牡丹忽然整朵整朵地坠落，铺散一地绚丽的花瓣。那花瓣落地时依然鲜艳夺目，如同一只被奉上祭坛的大鸟脱落的羽毛，低吟着壮烈的悲歌离去。牡丹没有花谢花败之时，要么烁于枝头，要么归于泥土，它跨越萎顿和衰老，由青春而死亡，由美丽而消遁。它虽美却不吝惜生命，即使告别也要留给人最后一次惊心动魄的体味。

所以在这阴冷的四月里，奇迹不会发生。任凭游人扫兴和诅咒，牡丹依然安之若素。它不苟且不俯就不妥协不媚俗，它遵循自己的花期自己的规律，它有权利为自己选择每年一度的盛大节日。它为什么不拒绝寒冷？

天南海北的看花人，依然络绎不绝地涌入洛阳城。人们不会因

牡丹的拒绝而拒绝它的美。如果它再被贬谪十次，也许它就会繁衍出十个洛阳牡丹城。

于是你在无言的遗憾中感悟到，富贵与高贵只是一字之差。同人一样，花也是有灵性、有品位之高低的。品位这东西为气为魂为筋骨为神韵只可意会。你叹服牡丹卓尔不群之姿，方知"品位"是多么容易被世人忽略或漠视的美。

感恩寄语

花开富贵，说的是牡丹，不过，富贵得在人们眼里似乎有点媚俗，其实，如果你要是知道当年牡丹被贬的传说，也许就转而对它刮目相看了。传说当年因为武则天要求百花在同一时间开放，其他花悉听圣命，唯有牡丹因为没到开的时令而拒绝开放。武则天一怒之下把它贬到洛阳，谁知，洛阳水土最适合牡丹生长，从此，牡丹在洛阳一开就开个轰轰烈烈，一开就开个国色天香。牡丹是宁愿自己坚守，也不愿迎合众人的愿望，别想让它在节气未到，气候不宜的时候展现风姿。无视权贵，坚守自己，把游人拒绝得惊愕之余空余幻想。

我们，也要坚守自己，坚守自己的理想，永远奔向自己的希望，每一个前进的脚步都印证在理想的坐标中。我们坚守自己的生活原则，不因外面的潮起潮落而抬高或降低自己的生活高度。我们坚守自己的做人原则，不因为他人的观点而改变，也不因他人的碎语闲言而改弦易张。坚守内心，才能活出自己。

　　这位读者在信中说，在她生活的地方，过去充满了鸟语花香，但有一年夏天，政府为了扑灭蚊虫，播洒了大量的杀虫剂DDT，结果蚊虫是不见了，可小鸟也被杀死了。一个城镇的春天被可怕的寂静笼罩着。

让春天不再寂静

　　1962年，当人们正在为自己征服自然的伟大成就而欣喜若狂的时候，美国动物学家蕾切尔·卡逊以一本《寂静的春天》，开启了人类的环保时代。

　　蕾切尔从幼年时代起就热爱生命，热爱大自然。1932年，在获得动物学硕士学位后，她开始了长达15年的海洋和海洋动物的研究工作。期间，她写了大量的关于环境保护方面的文章，同时，还将研究成果改写成抒情散文。在她所有的作品中都充满了对自然深沉的爱。

　　1958年，一封读者来信唤起了蕾切尔向自然的"敌人"宣战的决心。这位读者在信中说，在她生活的地方，过去充满了鸟语花香，但有一年夏天，政府为了扑灭蚊虫，播洒了大量的杀虫剂DDT，结果蚊虫是不见了，可小鸟也被杀死了。一个城镇的春天被可怕的寂静笼罩着。

　　这封信深深触动了蕾切尔的良知，她用了整整5年时间，撰写有关滥用杀虫剂的调查报告。1962年，《寂静的春天》问世。在这本书中，蕾切尔解释了农药如何通过食物链危害自然和人类。依据食物链的规律，人们给草打药，残毒会进入草食动物体内。残毒还来不及被分解，这些动物又成了其他动物的食物。人类处在食物链中，自然也难逃毒素的威胁。

由于《寂静的春天》的影响，到1962年底，美国已通过了40多个提案限制杀虫剂的使用。杀虫剂的使用大大减少了。

戈尔出任美国前副总统的时候，在他的办公室里，蕾切尔的画像和其他总统们的照片并排挂着。戈尔说："蕾切尔对我的影响，甚至超过他们的总和。在精神上，蕾切尔出席了我们政府的每一次环境会议。"

感恩寄语

《寂静的春天》以一个"一年的大部分时间里都使旅行者感到目悦神怡"的虚设城镇突然被"奇怪的寂静所笼罩"开始，通过充分的科学论证，表明这种由杀虫剂所引发的情况实际上就正在美国的全国各地发生，破坏了从浮游生物到鱼类到鸟类直至人类的生物链，使人患上慢性白血球增多症和各种癌症。所以像DDT这种"给所有生物带来危害"的杀虫剂，"它们不应该叫做杀虫剂，而应称为杀生剂"；作者认为，所谓的"控制自然"，乃是一个愚蠢的提法，那是生物学和哲学尚处于幼稚阶段的产物。她呼吁，如通过引进昆虫的天敌等等，"需要有十分多种多样的变通办法来代替化学物质对昆虫的控制"。

但是，不仅是因为作品中的观点是人们前所未闻的，像查尔斯·达尔文提出猴子是人类的祖先一样，让很多人感到恼火，更因侵犯了某些产业集团的切身利益，使作者受到的攻击，也像当年达

尔文所遭遇到的，甚至远超过达尔文当年。

　　无论当时人们的观点如何，通过时间的检验，作者的观点得到了一定的证实。我们必须要限制杀虫剂的使用，还自然以绿色。

它代子受过，将责任都兜揽到自己身上，尽管并没有任何责任；它知错了，其实并不知错在什么地方。但它还是狠狠地掌嘴表示自责表示悔过，为的是猴仔能被放出来。

生命传递的悲壮

杜文和

一

一棵枯树，秃立在荒村外的陌野。

某夜，风高月黑，枯树遽起怪叫，怪叫极为凄厉。起先是嘶嚎出恐怖的长声，继而则渐显得短促，似更为惶急。哀嚎终于暗哑下来，渐低渐弱，终成绝望的强忍着的呜咽。

村人不忍听闻，也跟着悚惶了一夜。

第二日，村人聚往枯树那地方察看。枯树的秃丫上悬挂着一只大枭的骸骨。肉没有了，一丝不剩，壳子似的骨架很干净。而枭头还在，依旧完整，眼是紧闭着的，硬喙死死叼着树枝——因叼着树枝而悬挂在树上。再看枯树的洞穴里，败羽零落，一窝小枭做着饥饿时的张望，已经开始坚硬了的黄喙上似乎犹有血迹。

又是数日后，大枭的骸骨跌落了，而枭头兀自悬挂着，一颗孤零零的枭头在冬日的寒风里摇晃，在荒原的旷野里张扬着一种生命消失的苍凉。

枭头坚硬的喙依旧死咬住如铁的枯枝。

树洞里的小枭们走了。母亲的血肉已被撕啄得无可挑剔，母亲

的消失使它们感觉到这世界已经没有依靠，该分散开来去自谋生路了——小枭们在分食母亲的竞争过程中获得了生存的自信。老枭以其自身的牺牲使饥饿的小枭们在寒冬里能得到一顿饱餐，同时也是以自身痛苦的毁灭来悲壮地宣告一个家庭的解体，宣告许多生命的独立。

试想当初献身给子女为什么要选择悬在树上这一方式？是为了锻炼小枭们俯冲捕扑的能力，是为了腾出一定的空间免得小枭们争夺中互有误伤；坚咬枯枝是为着坚忍苦痛，为着抵死不吐一句怨言，为着任凭攻击而不置一喙不做任何抵御——因为老枭的硬喙即便是下意识的防卫也足以使一只只小枭丧命，它的用意是捆绑起自己的武装，从而自绝反抗的可能。

高高悬挂在枯树上的该是一面母亲的灵旗。

二

秋后，一群歇息在滩涂上的紫燕突然变得焦躁起来。为了避免入冬后必然会有的寒流，该回到大洋的彼岸去了。它们是从大洋彼岸来的，来到此岸产卵孵雏。如今雏燕已经褪尽了一层绒毛，令箭似的紫羽毛同母亲一样有了泛黑的光泽，但嘴壳的黄色仍在提示着一个个生命的幼稚以及阅历风雨的肤浅。这就是说，一个个新鲜的生命尾随着母亲去蓝天展翅已不是一件难事。但它们毕竟还嫩，有限的耐力还不能负担远征的沉重，想横越眼前的大洋是断不可能的事情。对于这一点，所有冒失的雏燕都不明白，而所有做母亲的都知道，要真的率领孩子们横越大洋，孩子们必定将折翅半途，无一幸免。它们都是初春时从大洋彼岸来的，了解大洋是怎样地宽阔，而这一段洋面绝无一座小岛，没有一点可以提供歇脚的机会。

做了母亲的紫燕固然可以拍翅数日后安抵彼岸，但做了母亲的紫燕在孵育一季后所剩的体力也仅仅只够抵达彼岸，完成一次跨洋飞渡后绝对再无余力去向任何一只雏燕伸出援手。

如果将雏燕继续留在此岸这一片丛林和沼泽地里，那么等不到羽翼完全丰满，它们很快就会被寒潮冷酷地冻僵在野地里。

进退不能，无情的选择使得所有的母亲们日益变得焦躁不安。

数日后，紫燕群终于开始了飞渡洋面的远征，千百只散布在高空，麻麻点点于水天之间。

每一只紫燕的背上都匍匐着一只雏燕。

老燕驮着小燕强行起飞，负载着接近自己体重的分量横渡大洋。

老燕舒展开来的双翅似乎已不再有往日的潇洒，甚至在与气流相搏的接触间还隐约显露出震颤，它们明白肩负着的生命的沉重，更预见到不久之后等待它们的将是怎样一种结局。此行一开始，它们所走向的就是无边的黑暗。但所有的老燕几乎都竭力平衡着内心与身体的波动，将背尽可能地摊展开来，供雏燕歇伏得舒坦一些，当然还不时地扭过头对背上好动的雏燕叱吓一些什么。

雏燕的好动并不因为叱吓而停止，双翅虽抿着，眼睛却骨碌碌好奇水天一色的浩渺，惊异同样会飞的自己竟被母亲驮在背上，不明白离开熟悉了的丛林和沼泽地所要去的将是什么样的地方，年幼无知使它们所看到的只是如洋面一样的茫然。天浩阔，水也浩阔。彼岸不见，此岸也不见。进，已经变得十分艰难，退路也是同样的遥远。

千百只老燕几乎在连续飞行的一二日之间都变得异常地衰老，疲相毕露，双翅渐渐挥拍不动。

大概已经飞行了整个洋面的一半路程，老燕们毕生的路也到了

尽头。背上的雏燕消耗了做母亲的本来还可以继续飞完另一半行程的气力。

横渡大洋还剩下一半，这一半是雏燕们所能胜任的一半。

一只只雏燕于是腾空而起，如从航空母舰上起飞。

千百只年轻的紫燕欢腾着前去，而同样数量的老燕们却先后坠入海中，歪歪斜斜地跌下来，栽进温柔的水里。那场面应是生命历程中至为悲壮的一幕，大海的反应却只是几簇浪花的淡漠。

一级火箭烧完了，在又一级火箭开始辉煌的时候，它只是寂然沉黯下去，脱落后曳一线再不为人所注目的尾光。

三

一只坐在树上的母猴，被不知从什么地方飞来的箭射中了。

它并没有犯下什么过错，近阶段所做的一切就是抚育两只幼仔。

有一只正在身边，在身边的这只幼仔替母亲把臂上的箭拔掉，见伤口有血流出，便迅速地摘一把树叶揉碎了塞进母亲的伤口。这事做得很幼稚，也很笨拙，它眼睛眨巴眨巴看着母亲。

母猴目中流露出恐慌，紧急地四顾着。突然凶狠地推开幼仔，连声吼叱，显然是迫令身边的这一只幼仔快逃。

它听到了人的脚步声。幼仔仓皇地逃窜开去。

母猴仍坐在树丫上，将乳汁挤出来，一点一滴贮存在阔大的树叶上。它知道自己是走不脱了，可自己还有两只幼仔。奶都挤干了，最后挤出了一滴又一滴的血。

脚步声近了，来人已经捕获了一只小猴，那是它的猴仔。

它跳下树，惶急哀怜地跪下，双眼泪流，两只前掌左右抽打自己的面颊。是真打，打得很重，一掌下去身子便剧烈一震。它代子受过，将责任都兜揽到自己身上，尽管并没有任何责任；它知错了，其实并不知错在什么地方。但它还是狠狠地掌嘴表示自责表示悔过，为的是猴仔能被放出来。

但是两条腿的人缓缓地拔出了猎刀，对准小猴的脖颈，做出欲斩的姿态。

母猴惶急如狂，缩身跃起，发出凄厉的哀嚎，数度欲扑，却又显然顾忌猎人会急下杀手，紧急中只原地跳撞，目光极恐惧地瞪视着锐薄的利刃。

猎人挥刀劈下……

母猴一声暴叫，倒地身亡。

猎人只是做了一虚空劈下的式样。

母猴死了，腹中柔肠寸断，断有数十截。

猎人掷刀于地，从此洗手封刀。

小猴被纵归山中。

感恩寄语

我们对于自然界中某些动物的生命传递以及爱子行为，即使用仰视的目光也难以达到其高度。

大枭有着坚硬如铁的尖喙，当老枭把自己的孩子喂养到快要能飞的时候，她就再也没有力量捕来足够的食物来喂养它们了，为了给孩子的飞行加注最后的力量，老枭选择了一种悲壮的方式，自己把坚硬的喙狠狠地啄进窝旁的枯树里，然后让饥饿的小枭们啄自己的身体，直到自己成为一副骨架，小枭们积攒了足够的力量，成功飞翔了。紫燕妈妈需要在强大的自然面前，选择另外一种传递生命的方式，在寒流来临之前，紫燕必须把自己的孩子带到大洋彼岸

去，但是，它们的体力只能供自己使用，没有多余的精力给予孩子任何帮助，紫燕就把雏燕驮在自己的背上，飞到一半的距离以后，幼雏就可以自己飞翔了，但是雏燕却消耗掉了紫燕全部的体力，雏燕飞向了彼岸，紫燕妈妈把生命全部交给了大海。一只母猴为了从猎人的手中救下幼仔，竟然在屠刀落下的瞬间悲伤而死，柔肠寸断。大自然的选择是无情的，动物们的生命传递方式是各种各样的，再怎么艰难，母爱都可以覆盖一切。

世上万物生来就都需要一个伴。生活，因为需要想着别人，因为有人分担快乐、分担忧愁，所以才有意义。

失去伴侣的鹅

邓笛译

一只鹅站在我父亲的后面，全神贯注地看着铬合金保险杠上自己的映像。间或，它整理几下羽毛，或者伸直顾长的脖子，侧着脸对着自己的映像"嘎嘎"地"讲话"。我被眼前这一幕逗乐了。

不过，四个小时以后，当我注意到这只鹅还站在那儿时，我就感到事情有点蹊跷了。于是，我就这只鹅的奇怪行为向父亲请教。

"爸爸，"我说，"那只鹅整天都站在你的车后面，你知道为什么吗？"

"哦，我知道。"父亲不假思索地回答道，"那是一只公鹅，一年前，它的伴侣死了，它从此就孑然一身。整整有一个月，它每天都到处找那只母鹅。后来有一天，它经过我车后的保险杠时，看到了自己的映像。我猜，它肯定认为它看到的是那只母鹅。这以后，它天天都要与它的'伴侣'在一起。"

其实，这只鹅并不是孤单的。父亲在农场里还有十几只鹅。但是，这只鹅总是离其他的鹅远远的，更喜欢与它的"伴侣"在一起。父亲的车停在哪儿，它就急急地走到哪儿，然后深情地注视着保险杠上的映像，兴高采烈地"说"个不停。

我被这只鹅忠贞的感情打动了。这是多么强烈的感情啊，甚至

在伴侣离去后，它还坚定不移地徘徊在与伴侣貌似的映像旁边。

"爸爸，"我好奇地问，"你为什么认定它是在思念母鹅呢？"

"这很自然，"父亲说，"世上万物生来就都需要一个伴。生活，因为需要想着别人，因为有人分担快乐、分担忧愁，所以才有意义。"

父亲的话引起了我的共鸣。当我们遇到伤心事时，我们希望有人听我们倾诉；当我们碰到快乐的事情时，我们也希望有人与我们分享。记得我的女儿刚出生时，我是多么开心呀，但是只有当我看到我父母的眼里也闪动着喜悦时，这份开心才变得完美。上一周，我已经长大成人的女儿来看望我，给我送来了一束鲜花，热切地等待着我的反应。当我接过鲜花，欢喜之情溢于言表时，女儿的笑脸显得格外灿烂。给我买花使她快乐，但只有看到我接花时的兴奋才让她的快乐变得完美。

接着，父亲给我讲了另外一个故事。有一次，他驱车进城，在丛林边的一条路上看到了一只躺在地上的母鹿。这只母鹿估计是过马路时被来往车辆撞死了。父亲停下车子，想看一看它是否还有救。还未等他走到母鹿身边，路边的丛林里发出了响声，一只健壮的公鹿赫然闪现。父亲把它吓唬了回去。他接着察看了母鹿，发现它已经死了。于是他开车离开，但是他从后视镜中看到，那只公鹿从树丛里走出，来到母鹿身边，嗅着它的面颊，用腿轻推着它的身子，似乎想叫它起来，好一起回到丛林里去。每隔一会儿，公鹿会昂起头，仿佛是担任警戒的哨兵，然后又把注意力集中在母鹿身上。父亲好奇地停下车，观察了一段时间。大约每过半分钟，公鹿会退回丛林里，但不久又会折回继续哄劝母鹿站起来。父亲办完事回农场时，天已经黑了，然而他发现，在上午看到死鹿的那条路上，公鹿仍然在母鹿身边负责警戒。

我相信，许多动物和人一样也需要有同甘共苦的知音和为之牵肠挂肚的伴侣，也会因为痛失它们而伤心欲绝、肝肠寸断。

那只公鹅是把保险杠上自己的映像当成了故去的伴侣，所以生活依然有着幸福和希望。可是后来情况发生了变化。父亲卖掉了卡车，换成了一辆小汽车。"爸爸，"我向父亲打听，"那只公鹅到你新车的保险杠前表达爱情吗？"

"哦，"父亲答道，"新车的保险杠涂了玻璃纤维，没有光泽，它又一次失去它的'伴侣'了。整整一周，它一直寻找不辍，走遍了农场的每个角落，凄惨的叫声不绝于耳。但是，它再也没有能够找到。"

"那么，它有没有努力和别的鹅融洽到一起呢？"我问。

"没有。"父亲说，声音有些苦涩。"它对感情太投入、太执著了。它在哀痛中度过了几日，然后就死了，是在我们换了新车后的第七天。"是的，没有伴，生命就走到了尽头。

感恩寄语

"问世间情为何物，直教人生死相许"许多动物一生也是固定一个伴侣的，如果失去了一个，另一个也会因孤独而殉情。它们对爱情的忠贞程度，不亚于人，有时那种惨烈和悲壮甚至不是人能够做到的，文章中那只痴情的鹅就是这样，当自己的伴侣死去了，它就到处寻找，以至于把保险杠上映出的影子当成了它相守的另一半，整日对着"说话"，到后来，保险杠消失了，它也抑郁而死。其实它是有同伴的。

但生活中的人们对爱情的忠贞程度还不如这只鹅。对方有了重

病，有的一方会弃之不管；本来有着婚姻和家庭，结果，却又有了新欢，对家庭不负任何责任……这种人对待爱情如同儿戏，根本就没有理解爱的本质：两个人既然互相选择，那么就是选择了相互信任，相互照顾，互相依赖，长相厮守，任何情况下都要做到不离不弃。爱一个人，就要使他或她幸福，不希望留在世上的那一半痛苦。因此，爱情中的一半死去，另一半正确的做法是好好地活着，像自己的伴侣所希望的那样活。

> 我看不到蛇了，只看得到被鸟紧紧包裹起来的一团扭滚蹦跳的东西。随着眼镜王蛇挣扎翻滚，一层层的鸟被压死了，又有更多的鸟前仆后继地俯冲下去……

太阳鸟和眼镜王蛇

沈石溪

太阳鸟是热带雨林里一种小巧玲珑的鸟，从喙尖到尾尖，不到十公分长，叫声清雅，羽色艳丽，红橙黄绿蓝靛紫，像是用七彩阳光编织成的。

每当林子里灌满阳光的时候，太阳鸟便飞到灿烂的山花丛中，以每秒八十多次的频率拍扇着翅膀，身体像直升飞机似的停泊在空中，长长的细如针尖的嘴喙刺进花蕊，吮吸花蜜。

曼广弄寨后面有条清亮的小溪，溪边有一棵枝繁叶茂的野芒果树，上面住满了太阳鸟，就像是太阳鸟的王国。几乎每一根横枝上，相隔数寸远，就有一只用草丝和黏土为材料做成的，结构很精巧的鸟巢。早晨它们集体外出觅食时，天空就像出现了一道瑰丽的长虹；黄昏它们栖落在枝丫间，啄起晶莹的溪水梳理羽毛时，树冠就像一座彩色的帐篷。

作为上海来的知青，我和当地的农民一起做农活，平常还会跟他们一起去打猎。那天下午，我插完秧，到溪边洗澡。这时正是太阳鸟孵卵的季节，野芒果树上鸟声啁啾，雄鸟飞进飞出，忙着给在窝里孵蛋的雌鸟喂食。

我刚洗好头，突然听见野芒果树上传来鸟儿惊慌的鸣叫，抬头一看，差点魂都吓掉了，一条眼镜王蛇正爬楼梯似的顺着枝丫爬上树冠。眼镜王蛇可以说是森林里的大魔王，体长足足有六公尺，颈背部画着一对白底黑心的眼镜状斑纹，体大力强，在草上游走如飞，只要迎面碰到有生命的东西，它就会毫不迟疑地主动攻击。别说鸟、兔子这样的弱小动物了，就是老虎、豹子见到它，也会退避三舍。人若被眼镜王蛇咬一口，一小时内必死无疑。

我赶紧躲在一丛巨蕉下面，在蕉叶上剜个洞，偷偷窥视。

眼镜王蛇爬到高高的树丫，蛇尾缠在枝杈间，下半截身体下坠，上半截身体竖起，鲜红的蛇芯子探进一只只鸟窝，自上而下，吸食鸟蛋。椭圆形的晶莹剔透的小鸟蛋，就像被一股强大的吸力牵引着，排好队一个接一个，咕噜咕噜地顺着细长的蛇芯子滚进蛇嘴去，那份潇洒，就仿佛我们用吸管吸食牛奶。

所有正在孵卵的太阳鸟都拥出巢来，在外觅食的雄鸟也从四面八方飞拢来，越聚越多，成千上万，把一大块阳光都遮住了。有的擦着树冠飞过来掠过去，有的停泊在半空，怒视着正在行凶的眼镜王蛇，叽叽呀呀惊慌地哀叫着。

唉，可怜的小鸟，这一堆蛋算是白生了，这么娇嫩的生命，是无法跟眼镜王蛇对抗的，它们最多只能凭借会飞行的优势，在安全的距离外徒劳地谩骂，毫无意义地抗议而已。唉，弱肉强食的大自然是从不同情弱者的。

眼镜王蛇仍美滋滋地吸食着鸟蛋，对这么大一群太阳鸟，摆出一副不屑一顾的轻蔑神态：鸟多算什么，一群不堪一击的乌合之众！

不一会儿，左边树冠上的鸟巢都被扫荡光了，贪婪的蛇头又转

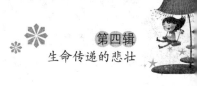

向右边的树冠。

就在这时，一只尾巴叉开、像穿了一件燕尾服的太阳鸟，本来停泊在与眼镜王蛇平行的半空中的，突然飞高，"嘀——"长鸣一声，一敛翅膀，朝蛇头俯冲下去。它的本意肯定是要用尖针似的细细的嘴喙去啄蛇眼的，可是当它飞到离蛇头还有一公尺远时，眼镜王蛇突然张开了嘴，好大的嘴！可以毫不费劲地一口吞下一只椰子，黑不隆咚的嘴里似乎还有强大的磁力，叉尾太阳鸟翅膀一偏，身不由己地一头撞进蛇嘴里去。

我不知道那只叉尾太阳鸟怎么敢以卵击石，也许它天生就是只勇敢的太阳鸟，也许这是一只雌鸟，正好看到眼镜王蛇的蛇芯子探进它的巢，出于一种母性的本能，希望自己辛辛苦苦产下的几只蛋免遭荼毒，才与眼镜王蛇以死相拼。

救不了它的蛋，反而把自己也给赔了进去，真是可怜，我想。

然而众多的太阳鸟好像跟我想的不一样，叉尾的行为成了一种榜样，一种表率，一种示范。在叉尾被蛇嘴吞进去的一瞬间，一只又一只鸟升高俯冲，朝丑陋的蛇头扑去，自然也是飞蛾扑火，自取灭亡，它们无一例外地被吸进深渊似的蛇腹。眼镜王蛇大概生平第一次享受这样的自动进餐，高兴得摇头晃脑，蛇芯子舞得异常热烈兴奋，好像在说："来吧，多多益善，我肚子正好空着呢！"

在一种特定的氛围里，英雄行为和牺牲精神会传染蔓延，几乎所有的太阳鸟，都飞聚到眼镜王蛇的正面来，争先恐后地升高，两三只一排连续不断地朝蛇头俯冲扑击，洞张的蛇嘴和天空之间，好像拉起了一根扯不断的彩带……

我没数过究竟有多少只太阳鸟填进了蛇腹，也许有几百只，也许有上千只，渐渐地，眼镜王蛇瘪瘪的肚皮隆了起来，它大概吃得

太多也有点倒胃口了，或者说肚子太胀不愿再吃了，闭起了蛇嘴。说时迟，那时快，两只太阳鸟扑到它脸上，尖针似的细长嘴喙，啄中了玻璃球似的蛇眼。我看见，眼镜王蛇浑身颤动了一下，颈肋倏地扩张，颈部像鸟翼似的蓬张开来，它一定被刺疼了，被激怒了的眼镜王蛇刷地一抖脖子，一口咬住胆敢啄它眼珠子的那两只太阳鸟，示威似的朝鸟群摇晃。

太阳鸟并没被吓倒，反而加强了攻击：三五只一批，像下雨一样地飞到蛇头上去。它们好像晓得没有眼睑因此无法闭拢的蛇眼，是眼镜王蛇身上唯一的薄弱环节，于是专门朝两只蛇眼啄咬。不一会儿，眼镜王蛇眼窝里便涌出汪汪的血。它终于有点抵挡不住鸟群奋不顾身的攻击了，合拢颈肋，收起了嚣张的气焰，蛇头一低，顺着树干想溜下树去。此时，一大群太阳鸟蜂拥而上，盯住蛇头猛啄。眼镜王蛇的身体一阵阵抽搐，好像害了羊癫风，蛇尾一松，从高高的树冠上摔了下来，咚的一声，摔得半死不活。密实的鸟群，轰地跟着降到低空，扑到蛇身上。我看不到蛇了，只看得到被鸟紧紧包裹起来的一团扭滚蹦跳的东西。随着眼镜王蛇挣扎翻滚，一层层的鸟被压死了，又有更多的鸟前仆后继地俯冲下去……

终于，狠毒凶猛连老虎、豹子见了都要退避三舍的眼镜王蛇，像条烂草绳似的瘫软下来。

地上，铺了一层死去的太阳鸟，落英缤纷，就像下了一场花雨。

哦，美丽的太阳鸟，娇嫩的小生命，勇敢的小精灵。

太阳鸟何其小，而眼睛王蛇何其大，但是，以小胜大的奇迹就

在这两者之间发生了。眼镜王蛇在太阳鸟的领地肆无忌惮地吃着它们的卵，在惊慌过后，一只小小的太阳鸟勇敢地俯冲向庞大的眼镜王蛇，它无疑是以卵击石，但是，却为同胞作出了牺牲的榜样，作出了英雄的表率和示范，"在一种特定的氛围里，英雄行为和牺牲精神会传染蔓延，"所有的太阳鸟虽然都知道会葬身蛇腹，但还是以精卫填海的势头奔向它们的强大敌人，它们相信，蛇最终还有填饱它肚子的时候，等它吃不下的当口，一只太阳鸟就抓住了机会啄中了蛇的眼睛。千百只太阳鸟的进攻让此时的眼镜王蛇已无招架之力，最终死去。太阳鸟利用了集体的力量战胜了强大的敌人，拯救了自己。当弱小遇到强大的时候，只能冒着生命危险拼死一搏，否则，就永远没有生存的希望。必须发扬集体主义精神，牺牲个体的利益，来成全集体的生存。

> 它知道无论在形态上还是在体态上它都是驴群中最不起眼的；它知道，在它的余生它会从一个不关心它的驴贩子手里换到另一个不关心它的驴贩子手里。

我和驴子玛吉

李有观

我从来不清楚驴子玛吉的年龄，也不知在我遇到它之前，它是怎样生活的。不过可以肯定的是，它身上还留着长期遭受虐待的痕迹。

每当有人做出突然的举动时，玛吉都会惊吓得缩一下。我开始并没有打算把这头驴子带入我们的生活。当时，我带孩子去瓦林农场是去看驴的，而不是去买驴的。可是，当看到这么多可爱的驴子时，我就产生了买驴的想法。

我们选择了一头活泼的小驴，它软软的小嘴好奇地伸进我的口袋，想找东西吃。这头名叫莱克西的小驴身材矮小，还不到我的肩膀高。

驴贩子瓦尔说："驴不喜欢孤单，你还要给它找个伴。"当时我的脸上肯定是一副沮丧的表情。养一头驴都会让我们的经济紧张，还养得起两头驴吗？"我们无法养两头驴。"我嗓音有点哽咽地说，心里已对莱克西说了再见。

"嗯，我看得出来，莱克西到你们家会过上好日子的。不如这样吧，我这儿有头老驴，它太老了，不能干活了，我想把它卖掉。

不过，这老驴性情温顺，如果你愿意的话，你买莱克西，我就把它陪送给你。它就在那边。"

我顺着瓦尔手指的方向看去，一头灰驴孤独地站在那儿，没有同驴群在一起。即使很远，我也能看出来，它的皮毛粗糙，而且有多处脱落，露出黑色的皮肤。

"别在意它的皮毛，"瓦尔继续说，"它身上长了点疥癣，不过，皮毛很快就会长好的。"

当我们走近时，这头老驴没有抬头看，这明显地表明它对我们不感兴趣。

"它叫玛吉，"瓦尔说，"它已经过驯养，可以骑，而且它也不在意是否套鞍子。来，我来教你们。"瓦尔从篱笆上取下一个鞍子，给玛吉套上，玛吉静静地站着，仍然不抬头看一眼。"上！"瓦尔把我的儿子内森举起来，重重地放到玛吉的背上，然后拍了一下它的臀部。

玛吉走了几步，双目既不左顾也不右盼。"瞧，"瓦尔说，"多温顺呀，没有什么会吓到它。"玛吉调转头，向我们走过来。

刹那间，我和玛吉目光相接。从它的眼神里，我看到了屈从和绝望。玛吉知道它不如周围其他驴那样活泼、年轻；它知道没人要它；它知道无论在形态上还是在体态上它都是驴群中最不起眼的；它知道，在它的余生它会从一个不关心它的驴贩子手里换到另一个不关心它的驴贩子手里。

我向玛吉走过去，托起它灰色的嘴，抬起它的头来。"玛吉，"我看着它的眼睛，低声对它说，"你跟我回家，我会给你温暖的棚子、充足的干草、新鲜的水和绿草地，还有一株苹果树，你可以在它的树阴之下躲避炎热。我会好好照顾你的余生。"

就这样，驴子玛吉和莱克西第二天到了我们家。莱克西跳下拖车，在田野里四处奔跑，仿佛是在实地勘探它新家的每个角落。而玛吉却走到谷仓旁的一个角落，低下头去。我明白，在此之前玛吉已经多次失望过，它现在绝不会轻易相信一个陌生人的几句耳语。

过去了好几个月之后，玛吉才逐渐爱上了它的新家。它最终选定了苹果树下的那个地方作为它的最爱；选定了牧场上属于它自己的那个区域——那是牧场上草长得最高的地方；还选定了在散发着干草香味的温暖的谷仓里那个属于它的角落。玛吉慢慢地学会了被人所爱——它会抬起头来，好让我挠它松垂的下嘴唇下面的痒痒；它会轻轻地靠在我身边，好让我用胳膊搂着它的脖子；它还会把嘴伸到我的外衣口袋里找吃的，它知道我总是在口袋里装着好吃的；它听到我的声音就会抬起头，以它那副笨样跑下小山坡来欢迎我。当我早上出现在谷仓门口时，它会快乐地叫一声，表示欢迎；晚上当我关上谷仓门时，它会用湿鼻子道一声晚安。

玛吉知道有人爱它——不是因为它的长相也不是因为它能干什么，而是仅仅因为它是玛吉。

在来到我们家六年之后的那个春天，玛吉死了。它死在牧场上属于它的那个位置，嘴里还衔着一缕新鲜青草。虽然玛吉大半生都过着无爱的日子，但它死时却有人爱着它。

对于老龄人、那些被爱遗忘的人、甚至不可爱的人，玛吉对我是个提醒：如果没有信任，爱只会是单向的。

感恩寄语

玛吉是老驴，老得没人正眼看过它，更没有人想照顾它，因此，它把自己冷藏起来，封冻起来，因为它相信自己只有被人转买

的份，没有关爱。但是，偶然的机会，当"我"和它的眼睛对视时，却让"我"起了怜爱之心，虽然经济不宽裕，也决定把它领回家。很长一段时间后，玛吉适应了新的生活，也信任了"我"对它的关爱。六年后，在关爱中，它死去。

某个事物或某个人并不能引起你的兴趣，但是，当他们的确需要别人的关爱时，你能给他们，这就是大爱。一头老驴，它什么用也没有，只能是白养着，但是"我"却给予了它最人道的照顾，让它在绝望时感觉到了世间的真爱。

人类自己，生老病死是自然界的规律，谁也逃脱不了。当我们的亲人处于这种状况时候，照顾他们是我们义不容辞的责任。但是，社会上那些孤独无助的人呢？我们是不是也应该伸出援助之手，来传递人间应有的关爱呢？爱是双向的，但是，要使这种爱得到流通，首先必须懂得示爱。

眼睛看到的，并不一定就是真实的。有许多时候，许多东西需要我们透过心灵去察看。

心灵的眼睛

初冬的时候，我们一行人到豫西乡间去。

那是伏牛山的深处，山冈起起伏伏的，山上的树都凋尽了叶子，看上去灰蒙蒙的。在许多山脚下，我们见到了许多柿树。那些柿树有的鳌干虬枝，有几个人合抱粗；有的是挂果没有几年的新树，树干泛着灰绿，树不粗，也不高。

令我们感到奇怪的是，在我们看见的每一棵柿树的顶梢，都有五七个又红又大的柿子，不管那棵树是参天高大的古柿树，还是并不高大的新树，在落光了叶子的树上，那些鲜红的柿果就像一个个高挑的红灯笼，红得鲜艳而炫目。这个时候了，该收获的应该早就收获了，为什么每棵柿树的顶梢还长着几颗又红又大的柿子呢？我们几个人禁不住七嘴八舌地猜测了起来。有人说，可能每棵柿树就结了那么五七个柿子，这里的农人可能还没有来得及采摘；有人说，为什么低处的树枝上没有柿子，而那五七颗柿子都差不多长在每棵柿树的顶梢呢？肯定是这里的人太笨，他们不敢爬到树的顶梢去摘柿子，所以低处枝上的他们已全部摘下，而顶梢的那五七个柿子就留了下来。

我们都赞同第二种说法，认为一定是因为这里的人太笨，他们不敢爬到柿树的顶梢去，所以就留下了那红灯笼似的鲜艳而诱人的红柿子。这里的人太笨，根本不敢爬到树的顶梢去。我们一致赞同这一个结论。

后来，我们在一个山脚下遇到一位打柴的老农，为了验证我们的结论，我们拥上前去与那位老农搭讪说："是不是每棵树每年只能结三五个柿子呢？"老农笑着摇摇头说："怎么会只结三五个呢？一棵树要结上许多的。"

我们又问老农说："这些柿树上的果实是不是已经采摘过了。"老农笑笑说："九月的时候，就已经摘过了。"

我们又吞吞吐吐问老农说："是不是因为顶梢太高太危险，人们不敢爬到顶梢去，所以每棵柿树顶梢的几个柿子现在还留着？"老农一怔，之后不屑地说："没有俺们摘不到的，就那顶梢，俺们还能够不着？"

我们不解地问老农说："那你们为什么采摘时不把那些柿子全摘了呢？"老农淡淡地说："我们故意留下的。"故意留下的？我们更不解了。老农淡淡一笑说："人们劳作了一年，收获了小麦、大豆、玉米什么的，可以安心在家有吃有喝过冬天的生活了，而那些鸟儿也忙了一年了，大雪封了山、封了地，它们吃什么呢？这是俺们留给鸟儿们的果实，也是俺们这地方的风俗。如果谁要把树上的柿子摘光了，那大家就会瞧不起你，怎么和鸟儿争东西吃呢？大家就会和你断绝来往。"我们一听，全愣了，老农看一眼我们说："树上留的这柿，我们叫'老鸹柿'。"

不是摘不到，而是故意留下给鸟儿们吃的，想想我们刚才的随意猜测，想想我们给这里人下的"笨"字结论，我们的脸全红了。

眼睛看到的，并不一定就是真实的。有许多时候，许多东西需要我们透过心灵去察看。

初冬时节，伏牛山上的树都凋尽了叶子，然而奇怪的是，在许多山脚下，我们见到了形状各异的柿树，奇怪的是，在我们看见的每一棵柿树的顶梢，不管那棵树是参天高大的古柿树，还是并不高大的新树，都有五七个又红又大的柿子。于是我们既奇怪又疑惑，以为这里的人太笨，他们不敢爬到柿树的顶梢去，所以就留下了那红灯笼似的鲜艳而诱人的红柿子。为了验证我们的结论，我们拥上前去与那位老农搭讪。然而，那位老农说："我们不是摘不到，而是故意留下给鸟儿们吃的。"多么朴素的话语啊，多么质朴的情感啊！在这里人和鸟之间达到了一种水乳交融的共处平衡。那一个个留下来没有采摘的柿子，正是人们心灵深处迸发出来的美好品格的闪光。我也为我们的胡乱猜测感到羞愧。

确实，眼睛看到的，并不一定就是真实的。有许多时候，许多东西需要我们透过心灵去察看，才能体会到表象后面的实质。世界如此美丽，在张开眼之睫的时候，请别忘了张开心之睫。

第五辑
和猛兽一起生活

　　远处的高山，神秘、朦胧、安详，一种诱惑向你袭来，如同徜徉在梦境。清风掠动月色，泉水呢喃不息，萤火飘忽不定，孩子们追逐萤火的足音响远又响近。众鸟已入梦，唯夜莺浮在月光海上……

斯蒂夫说："这和爱有关，一旦你爱某样东西，你就会忘掉恐惧。你会信任它们，而它们也会信任你。一旦你们之间拥有爱和信任，你和这些猛兽就会成为一家人。"

和猛兽一起生活

斯蒂夫·西皮克原本是美国好莱坞的一名电影演员。20世纪70年代，他在拍摄一部西班牙语版的《人猿泰山》电影时，摄影棚突然起火，被困在火海中的斯蒂夫压根儿找不到出路，他以为自己死定了。可令他做梦也没想到的是，一只参与电影拍摄的狮子"萨姆森"竟突然冲进火海，将他救了出来。为了报答狮子"萨姆森"的救命之恩，恢复健康后的斯蒂夫做出了一个惊人的决定：永远离开电影圈，并将毕生精力都用来保护和救助那些失去森林家园的猛兽。斯蒂夫随后就收养了"萨姆森"，在接下来的许多年中，他又收养了许多年幼的狮、虎、豹，以及许多被动物园或马戏团抛弃的年老狮虎。

在过去40年中，斯蒂夫至少收养了100多只狮子、老虎和美洲豹，他的家简直就是一个野生动物园。这些年来，他几乎一直都和这些猛兽们同吃、同住，甚至同眠！

在斯蒂夫家的大院中，狮子老虎可以在院子中自由地漫步，相反受邀来访的客人们却必须被隔离在安全的铁栅栏后面。它们也和斯蒂夫一家人以及助手们一起吃饭、一起玩耍，甚至一起游泳，就像是快乐的一家人一样，一些狮子、老虎甚至还和斯蒂夫挤在一起睡觉。他甚至允许自己唯一的孩子——小斯蒂夫从小跟这些猛兽生活在一起，一些狮子老虎经常会睡在小斯蒂夫的双层床上，斯蒂夫压根儿不担心这些猛兽会伤害他年幼的儿子。

斯蒂夫的生活就像真实版的"人猿泰山"，他就是"丛林"中的一员，他和院子中的狮虎豹就像是老朋友一样。

斯蒂夫和群兽朝夕相处并能活到现在，靠的并不是身体力量，而是和这些猛兽之间的精神联系。斯蒂夫说："这和爱有关，一旦你爱某样东西，你就会忘掉恐惧。你会信任它们，而它们也会信任你。一旦你们之间拥有爱和信任，你和这些猛兽就会成为一家人。"

 **感恩寄语**

人是有感情的，动物也是有感情的。人懂得知恩图报，动物也懂得知恩图报。当人与动物和谐相处的时候，正如文中这样，就已达到了和谐的程度。文中的主人公斯蒂夫·西皮克是美国前导演，一夜成名，但当人们都在为这颗冉冉升起的新星拍手称赞的时候，却再也找不到这位导演的身影。经过40多年的等待，美国媒体爆料了他现在的生活，让人们不可思议。

保护环境，人与自然和谐相处，这是当今世界必须面对的问题，它并不是紧靠一方面来实现的。正如主人公所说——这和爱有关，一旦你爱某样东西，你就会忘掉恐惧。你会信任它们，而它们也会信任你。一旦你们之间拥有爱和信任，你和这些猛兽就会成为一家人。

我站在这孑然凄立的胡杨林中，我祈求上苍的泪，哪怕仅仅一滴；我祈求胡杨、红柳与红树，请它们再坚持一会儿，哪怕几十年；我祈求所有饱食终日的人们背着行囊在大漠中静静地走走，哪怕就三天。

西风胡杨

潘 岳

胡杨生于西域。在西域，那曾经36国的繁华，那曾经狂嘶的烈马、腾然的狼烟、飞旋的胡舞、激奋的羯鼓、肃穆的佛子、缓行的商队，以及那连绵万里直达长安的座座烽台……都已被那浩茫茫的大漠洗礼得苍凉斑驳。仅仅千年，只剩下残破的驿道，荒凉的古城，七八匹孤零零的骆驼，三五杯血红的酒，两三曲英雄逐霸的故事，一支飘忽在天边如泣如诉的羌笛。当然，还剩下胡杨，还剩下胡杨簇簇金黄的叶，倚在白沙与蓝天间，一幅醉人心魄的画，令人震撼无声。

金黄之美，属于秋天。凡秋天最美的树，都在春夏时显得平淡。可当严冬来临时，一场凌风厉雨的抽打，棵棵绿树郁积多时的幽怨，突然迸发出最鲜活最丰满的生命。那金黄，那鲜红，那刚烈，那凄婉，那裹着苍云顶着青天的孤傲，那如悲如喜如梦如烟的摇曳，会使你在夜里借着月光去抚摸朦胧的花影，会使你在清晨踏着雨露去感触沙沙的落叶。你会凝思，你会倾听，你会去当一个剑者，披着一袭白衫，在飘然旋起的片片飞黄与点点落红中凌空劈

斩，挥出那道悲凉的弧线。这便是秋树。如同我爱夕阳，唯有在傍晚，唯有在坠落西山的瞬间，烈日变红了，金光变柔了，道道彩练划出万朵莲花，整个天穹被泼染得绚丽缤纷，使这最后的挣扎，最后的拼搏，抛洒出最后的灿烂。人们开始明白它的存在，开始追忆它的辉煌，开始探寻它的伟大，开始恐惧黑夜的来临。这秋树与夕阳，是人们心中梦中的诗画，而金秋的胡杨，便是这诗画中的绝品。

胡杨，秋天最美的树，是1.3亿年前遗留下的最古老的树种，只生在沙漠。全世界90%的胡杨在新疆，新疆90%的胡杨在塔里木。我去了塔里木。在这里，一边是世界第二大的32万平方公里的塔克拉玛干大沙漠，一边是世界第一大的3800平方公里的塔里木胡杨林。两个天敌彼此对视着，彼此僵持着，整整一亿年。在这两者中间，是一条历尽沧桑的古道，它属于人类，那便是丝绸之路。想想当时在这条路上络绎不绝、逶迤而行的人们，一边是空旷的令人窒息的死海，一边是鲜活的令人亢奋的生命；一边使人觉得渺小而数着一粒粒流沙去随意抛逝自己的青春，一边又使人看到勃勃而生的绿色去挣扎走完人生的旅程。心中太多的疑惑，使人们将头举向天空。天空中，风雨雷电，变幻莫测。人们便开始探索，开始感悟，开始有一种冲动，便是想通过今生的修炼而在来世登上白云去了解天堂的奥秘。如此，你就会明白，佛祖释迦牟尼，是如何从这条路上踏进中国的。

胡杨，是我平生所见最坚忍的树。能在零上40℃的烈日中娇艳，能在零下40℃的严寒中挺拔，不怕侵入骨髓的斑斑盐碱，不怕铺天盖地的层层风沙，它是神树，是生命的树，是不死的树。那种遇强则强、逆境奋起、一息尚存、绝不放弃的精神，使所有真正的男儿血脉贲张。霜风击倒，挣扎爬起，沙尘掩盖，奋力撑出。它们为精神而从容赴义，它们为理念而慷慨就死。虽断臂折腰，仍死挺着

那一副铁铮铮的风骨；虽伤痕累累，仍显现着那一股硬朗朗的本色。

胡杨，是我平生所见最无私的树。胡杨是挡在沙漠前的屏障，身后是城市，是村庄，是青山绿水，是喧闹的红尘世界，是并不了解它们的芸芸众生。身后的芸芸众生，是它们生下来活下去斗到底的唯一意义。它们不在乎，它们并不期望人们知道它们，它们将一切浮华虚名让给了牡丹，让给了桃花，还给了所有稍纵即逝的奇花异草，而将这摧肝裂胆的风沙留给了自己。

胡杨，是我平生所见最包容的树。包容了天与地，包容了人与自然。胡杨林中，有梭梭、甘草，它们和谐共生。容与和，正是儒学的精髓。胡杨林是硕大无边的群体，是一荣俱荣一损俱损的团队，是典型的东方群体文明的构架。胡杨的根茎很长，穿透虚浮漂移的流沙，竟能深达20米去寻找沙下的泥土，并深深根植于大地。如同我们中国人的心，每个细胞，每个枝干，每个叶瓣，无不流动着文明的血脉，使大中国连绵不息的文化，虽经无数风霜雪雨，仍然同根同种同文独秀于东方。

胡杨，是我平生所见最悲壮的树。胡杨生下来1000年不死，死了后1000年不倒，倒下去1000年不朽。这不是神话。无论是在塔里木还是在内蒙古额济纳旗，我都看见了大片壮阔无边的枯杨，它们生前为所挚爱的热土战斗到最后一刻，死后仍奇形怪状地挺立在战友与敌人之间，它们让战友落泪，它们让敌人尊敬，那亿万棵宁死不屈、双拳紧握的枯杨，似一个悲天悯人的冬天童话。看到它们，会让人想起无数中国古人的气节，一种凛凛然、士为知己者而死的气节。

当初，伍子胥劝夫差防备越国复仇，忠言逆耳，反遭谗杀，他死前的遗言竟是：把我的眼睛挖下来镶在城门上，我要看着敌军入城。他的话应验了。入城的敌军怀着深深的敬意重新厚葬了他与他

的眼睛。此时，胡杨林中飘过阵阵凄风，这凄风中指天画地的条条枝干，以及与这些枝干紧紧相连的凛凛风骨，正如一只只怒目圆睁的眼睛。眼里，是圣洁的心与叹息的泪。

胡杨并不孤独。在胡杨林前面生着一丛丛、一团团、茸茸的、淡淡的、柔柔的红柳。它们是胡杨的红颜知己。为了胡杨，为了胡杨的精神，为了与胡杨相同的理念，它们自愿守在最前方。它们面对着肆虐的狂沙，背倚着心爱的胡杨，一样地坚忍不退，一样地忍饥挨渴。这又使我想起远在天涯海角，与胡杨同一属种的兄弟，它们是红树林。与胡杨一样，它们生下来就注定要保卫海岸，注定要为身后的繁华人世而牺牲，注定要抛弃一切虚名俗利，注定长得俊美，生得高贵，活得清白，死得忠诚。

胡杨是当地人的生命。13世纪，蒙古人通过四个汗国征服了大半个世界，其中金帐汗国历史最长，统治俄罗斯三百多年。18世纪，俄罗斯复兴了，桀骜不驯的蒙古土尔扈特骑士们开始怀念东方。他们携家带口，万里迢迢回归祖国。这些兴高采烈的游子怎么也没想到回乡的路是那么地漫长，哥萨克骑兵追杀的马刀，突来的瘟疫与浩瀚无边的荒沙，伴随着他们走进新疆，16万人死了10万。举目无亲的土尔扈特人掩埋了族人的尸体，含泪接受了中国皇帝的赐封，然后，搬入莽莽的胡杨林海。胡杨林收留了他们，就像永无抱怨的母亲。200年后，他们在胡杨林中恢复了自尊，他们在胡杨林中繁衍了子孙，他们与美丽的胡杨融为一体。我见到了他们的后裔。他们爱喝酒，爱唱歌，更爱胡杨。在他们眼中，胡杨就是赋予他们母爱的祖国。

胡杨不能倒。因为人类不能倒，因为人类文明不能倒。胡杨曾孕育了整个西域文明。2000年前，西域为大片葱郁的胡杨覆盖，塔

里木、罗布泊等水域得以长流不息，水草丰美，滋润出楼兰、龟兹等36国的西域文明。拓荒与征战，使水和文明一同消失在干涸的河床上。胡杨林外，滚滚的黄沙埋下了无数辉煌的古国，埋下了无数铁马金戈的好汉，埋下了无数富丽奢华的商旅，埋下了无知与浅薄，埋下了骄傲与尊严，埋下了伴它们一起倒下的枯杨。让胡杨不倒，其实并不需要人类付出什么。胡杨的生命本来就比人类早很多年。英雄有泪不轻弹，胡杨也有哭的时候，每逢烈日蒸熬，胡杨树身都会流出咸咸的泪，它们想求人类，将上苍原本赐给它们的那一点点水仍然留下。上苍每一滴怜悯的泪，只要洒在胡杨林入地即干的沙土上，就能化出漫天的甘露，就能化出沸腾的热血，就能化出清白的正气，就能让这批战士前仆后继地奔向前方，就能让它们继续屹立在那里奋勇杀敌。我看到塔里木与额济纳旗的河水在骤减，我听见上游的人们在拦水造坝围垦开发，我怕他们忘记曾经呵护他们爷爷的胡杨，我担心他们子孙会重温那荒漠残城的噩梦。

身后的人们用泥土塑成一个个偶像放在庙堂里焚香膜拜，然后再将真正神圣的它们砍下来烧柴。短短几十年，因过度围海养殖与滥砍滥伐，中国4.2万公顷的红树林已变成1.4万公顷。为此，红树哭了，赤潮来了。

我站在这孑然凄立的胡杨林中，我祈求上苍的泪，哪怕仅仅一滴；我祈求胡杨、红柳与红树，请它们再坚持一会儿，哪怕几十年；我祈求所有饱食终日的人们背着行囊在大漠中静静地走走，哪怕就三天。我想哭，想为那些仍继续拼搏的战士而哭，想为倒下去的伤者而哭，想为那死而不朽的精神而哭，想让更多的人在这片胡杨林中都好好地哭上一哭，也许这些苦涩的泪水能化成漤漤细雨再救活几株胡杨。然而我不会哭。因为这不是英雄末路的悲怆，更不是传教士的无奈，胡杨还在，胡杨的精神还在，生命还在，苍天还在，苍天的眼睛还在。那些伤者将被疗治，那些死者将被祭奠，那些来者将被激励。

直到某日，被感动的上苍猛然看到这一大片美丽忠直、遍体鳞伤的树种问："你们是谁？"烈烈西风中有无数声音回答："我是胡杨。"

写于2004年秋

感恩寄语

胡杨是新疆最古老的树种之一，它主要分布在极度干旱的新疆塔克拉玛干大沙漠周围。胡杨树被维吾尔人称之为"托克拉克"，意为"最美丽的树"。由于它能任凭沙暴肆虐，任凭干旱和盐碱的侵蚀，以及严寒和酷暑的打击而顽强地生存，又被人们称为"沙漠英雄树"。余秋雨曾赞美它说："胡杨树一千年不死，死了一千年不倒，倒了一千年不朽，铮铮铁骨千年铸，不屈品质万年颂。"胡杨有顽强的性格，也有独特的美，胡杨在朝日、夕阳的照耀下，它的千姿百态显得更加文雅优美。胡杨不仅是新疆人的骄傲，"我"也深深为它惊叹，觉得这就是一种无形的力量，一种可贵的精神。

"我"看到胡杨就看到那高昂的头颅，感受到那不屈的灵魂，那让"我"内心流血的震颤。胡杨林里又传来那清脆的驼铃声，又看到了粼粼波光的塔里木河。

我们何尝能够忍受那种寂寞，孤独，贫瘠和风沙？可就这么坚强的胡杨，却在锐减，我们能做些什么？又该做些什么？希望有了荒凉的沙漠，别再有了荒凉的人生。铮铮铁骨的胡杨仍在屹立，在期待着什么。

> 生命所赋予它的最后一点儿力量，就是让它挣脱束缚，获得自由，然后无疑地，它将慢慢死去。

向生命鞠躬

早就想带儿子爬一次山。这和锻炼身体无关，而是想让他尽早知道世界并不仅仅是由电视、高楼以及汽车这些人工的东西构成的。只是这一想法实现时已是儿子两岁半的初冬。

初冬的山上满目萧瑟。刈剩的麦茬儿已经黄中带黑，本就稀稀拉拉的树木因枯叶的飘落更显孤单，黄土地少了绿色的润泽而了无生气。置身在这空旷寂寥的山上，更多感受到的是一种原始的静谧和苍凉。因此，当儿子发现了一只蚂蚱并惊恐地指给我看时，我也感到十分惊讶。我想这绝对是这山上唯一至今还倔犟地活着的蚂蚱了。

我蹑手蹑脚地靠近去。它发现有人，蹦了一下，但显然已很衰老或孱弱，才蹦出去不到一米。我张开双手，迅速扑过去将它罩住，然后将手指裂开一条缝，捏着它的翅膀将它活捉了。这只周身呈土褐色的蚂蚱因惊惧和愤怒而拼命挣扎，两条后腿有力地蹬着。我觉得就这样交给儿子，必被它挣脱，于是拔了一根干草，将细而光的草秆从它的身体的末端插入，再从它的嘴里捅出——小时候我们抓蚂蚱，为防止其逃跑，都是这样做的，有时一根草秆上要穿六七只蚂蚱。蚂蚱的嘴里滴出淡绿色的液体，它用前腿摸刮着，那是它的血。

我将蚂蚱交给儿子，告诉他："这叫蚂蚱，专吃庄稼的，是害虫。"

儿子似懂非懂地点头，握住草秆，将蚂蚱盯视了半天，然后又继续低头用树枝专心致志地刨土。儿子还没有益虫害虫的概念，在他眼里一切都是新鲜的。或许他在指望从土里刨出点儿什么东西来。

我点着一支烟，眺望远景。

"跑了！跑了！"儿子忽然急切地叫起来。我扭头看去，见儿子只握着一根光秃秃的草秆，上面的蚂蚱已不知去向。我连忙跟儿子四处寻找。其实蚂蚱并未跑出多远，它已受到重创，只是在地上艰难地爬，间或无力地跳一下。因此我未走出两步就轻易地发现了它，再一次将它生擒。我将遇难者重又穿回草秆，所不同的是，当儿子又开始兴致勃勃地刨土时，我并没有离开，而是蹲在儿子旁边注视着蚂蚱。我要看这五脏六腑都被穿透的小玩意儿究竟用何种方法逃跑！

儿子手里握着的草秆不经意间碰到了旁边的一丛枯草。蚂蚱迅速将一根草茎抱住。随着儿子手的抬高，那穿着蚂蚱的草秆渐成弓形，可是蚂蚱死死地抱住草茎不放。难以想象这如此孱弱和受着重创的蚂蚱竟还有这么大的力量！

儿子的手稍一松懈，它就开始艰难地顺着草茎往上爬。它每爬行一毫米，都要停下来歇一歇，或许是缓解一下身体里的巨大疼痛。穿出它嘴的草秆在一点儿一点儿缩短，而已退出它身体的草秆已被它的血染得微绿。

我大张着嘴，看得出了神。我的心被这悲壮逃生的蚂蚱强烈震撼。它所忍受的疼痛是我们人类不可能忍受的。这壮举在人世间也

不可能发生。我相信我正在目睹着一个奇迹，一个并非所有人都有幸目睹到的生命的奇迹。当蚂蚱终于将草秆从身体里完全退出后，反而腿一松，从所抱的草茎上滚落到地上。这一定是精疲力竭了。生命所赋予它的最后一点儿力量，就是让它挣脱束缚，获得自由，然后无疑地，它将慢慢死去。

儿子手里握着的草秆再没有动。我抬眼一看，原来他早已和我一样，呆呆地盯着蚂蚱的一举一动，并为之震撼。我慢慢地站起来，随即向前微微弯腰。儿子以为我又要抓蚂蚱，连忙喊："别，别，别动它！它太厉害了！"我明白儿子的意思。他其实是在说："它太顽强了！"

儿子大概永远也不会明白我弯腰的意思。我几乎是在下意识地鞠躬，向一个生命，一个顽强的生命鞠躬。

这是一首生命的赞歌！

本文说的是在初冬的一个早晨，一个父亲带着儿子上山郊游，无意中发现了一只孱弱衰老的蚂蚱。父亲抓住了蚂蚱，把它穿在草秆上。不料，蚂蚱两次顽强逃生，不禁令人震惊，继而对它鞠躬致敬。本文的描写非常生动，尤其是蚂蚱"悲壮逃生"过程的描写，不仅震撼着作者，也强烈打动着读者的心。这篇文章就是在解读作者的一次心灵体验，读它的同时，读者也经历了一次心灵的洗礼。虽然，"生命所赋予它的最后一点儿力量，就是让它挣脱束缚，获得自由，然后慢慢死去。"但是它给我们展现的确是对生命的渴望，让我们无法不对生命产生深深的敬畏！它值得我们每个人为它鞠躬。本文表现了"生命的尊严在于能够坚强地活着"的大主旨，

同时也促使我们人类反思自己要关注生命，善待生命。自然界的每种生物都显示着生命的神圣，不容人类随意侵犯，哪怕只是一只微不足道的小昆虫。

我们每个人都要珍惜生命、热爱生命、感谢生命。

请造物主飘落一场真正有气魄的雪吧，借以成为我展开新梦的襁褓……

雪 之 梦

自从人世间的冬装在质地、色彩上发生了醒目的变化之后，我就格外盼雪，盼那纷纷扬扬、弥天漫地的飞雪，盼那厚厚实实、清清白白的积雪，盼那花花点点、扑朔迷离的残雪。假如把多色彩的冬景看成一幅圣洁的绘画，若是背景上缺了雪，即使被绚丽冬装打扮起来的人们已经美到了天使地步，这幅画也会显得没有神韵，缺乏质感，甚而会使画面上的人物受到株连，显得凡俗、轻佻、浅薄，总之有那么一点儿小家子气。

不下雪已有经年，北京尤甚，好像那雪只飘落在人们的回忆中，消融在人们的遐想里。

下雪了！窗幔上的微光告诉了我，街上的喊声告诉了我，孩子们跳下床、冲出门的脚步声告诉了我。

我那颗一下子复活了稚气、复活了回忆的心，似乎顿时浸润在琼花中，净化在玉屑中。

冲出房门，冲上街头，我不禁索然了。

这算得上雪吗？灰蒙蒙的天懒懒散散地撒下几粒近乎尘埃、近乎细沙般的东西，扭扭捏捏地登上楼顶，娇娇滴滴地落在路面，似乎对路旁的枯树、两侧的民宅不屑一顾。它们写在路面上的，也只是一首闪烁其词的晦涩诗，貌似博大而实际浅薄。它们赶不上步履匆匆的行人脚步，更挂不上他们的头顶，染不上他们的眉梢，只在那涂着脂粉的脸上骚动了几下，在那施过铅黛的瘦眉上悬了几星儿。

这哪里是我梦中的雪！

我梦中的雪，纷纷扬扬，铺天盖地，创造着地球上最伟大的宏观美。漫宇琼瑶，满天寒凛，以世上第一流的平等气度博施于山，普赠于涧，广铺于野，慨惠于林。泼辣辣地洒下来，登华厦，覆寒宅，染眉头，醉心头。不弃枯木朽株，不漏病妪衰叟。不能把寒门少女的俭朴衣装染艳，但能把她们的双颊染红。

而眼前的雪，是奢华而悭吝的雪，是徒有虚名的雪。淡淡的，薄薄的，灰灰的，远看有色而近观无形，经不住行人的步履，徒在万千足迹后面遗下了泥泞。好奇的小生为了验证书上的话"雪花都是六角形的"，伸出他们的手承接良久，手心里也只是积存了几滴冷露。"六月琼花滚似锦"，这是关汉卿剧本中的话，多么有才气。历经苦难的窦娥哭出了这样一场六月雪，那哭真是当得起天下第一哭。若是换了另外的情浮意淡者，哪怕她是女诗人，造物主至多也只能无可奈何地丢下几粒廉价品——如眼前的雪而已。

雪停了，几乎用不着太阳的帮忙，只需几缕小风，楼顶、屋顶、街头、枝头上的薄粉顿消，路面上那一层薄薄的浊水化而为冰，像是推出了一张古板的脸。

这哪里是我记忆中的雪后！

我记忆中的雪后，是壮丽冬景的最佳镜头，是一幅圣洁绘画的定稿。纯洁、晶莹、清寒的美学三元素在大地上铺下了旷远的情怀，铺下了博大胸襟，铺下了冷凝的火焰。步履声声，韵律浑朴，深深浅浅的足迹伸向高山，伸向田野，伸向一切历史车轮在转动的地方。情侣们在没膝的雪中站立，交流着心中的火，他们口中的哈

气汇在一起，被太阳照出了七色光谱。酒店的地面被一双双跋涉者的鞋子带进了泥水，但酒是热的，脸是热的，心是热的。

即使春天的帷幕已经拉开，造物主已经着手打扫冬景的遗迹，舞台上出现的也不是一片空白，而是人们那即将储存在心中的深情回忆。旷野中的雪已经花花点点、斑驳陆离了，但松枝上还有，远山上还有，大道的车迹里还有。远山大道上有雪迹，人的胸襟就会扩展；翠柏苍松上有雪迹，人的情思就会延伸。

梦中的雪，我多么愿意它变成雪中的梦。

请造物主飘落一场真正有气魄的雪吧，借以成为我展开新梦的襁褓……

感恩寄语

为什么雪不再像从前那样准时地到来了？为什么现在的雪近乎尘埃，近乎细沙？为什么它总是匆匆而过而留不下任何痕迹？梦中的雪哪儿去了？雪原本是冬天里必到的访客啊！我们知道，这是大自然对人类的报复啊！由于人们的贪婪与自私，对自然环境的破坏和对资源的掠夺达到了丧心病狂的程度，以至于就连过去冬天里常见的雪，也成了让人可望而不可即的奢侈品。换之而来的是愈演愈烈的沙尘暴，是草原的沙漠化，是不堪忍受的温室效应……

面对这一切，我们必须收起贪婪与自私，不能用杀鸡取卵、涸泽而渔、焚林而猎的方式疯狂地掠夺自然资源。皮之不存，毛将焉附？人类赖以生存的大自然依靠人类自己去维护。我们不能任意地破坏自然规律，要与大自然和谐相处。相信不久的将来，梦中的雪一定会重新回到人间！我们的社会会更加和谐，大自然会为我们提供更好的生存环境。

他曾经忘了这样一个事实：兽类也是有它的恋情的，它可以因为妒忌而杀情敌，也可以为了爱而殉情。

驯虎人的故事

皮埃尔·贝勒马尔（法国）　邓祚礼译

老虎蹲在笼子里，被强烈的灯光照着。

马戏场里鸦雀无声，驯虎人穿着红色传统服装和兽皮三角裤，甩着鞭子，向观众致意……观众都捏着一把汗，尽管他们知道老虎是极少吃它的驯养人的，但谁又知道会发生什么事呢？

1950年，贝尔纳30岁，继承了父亲的衣钵，当上了一个大型马戏团的驯虎人。他从小就是伴着老虎长大的。

他具有识别动物的天赋：了解动物的一切反应，领会它们的意图。为了表演得好，贝尔纳希望得到最好的老虎。1948年，他已能带着六只老虎进行表演。恰好此时，他得知在阿姆斯特丹，一只老虎因咬死了它的驯养人而要被出卖。那是一只3岁的老虎，躯体庞大，重320公斤。贝尔纳买下了它，取名"雷克斯"。

这是一只真正的猛虎。毫无疑问，很危险。不仅从它那块头看得出来，从它盯人的方式和眼神中也看得出来。

贝尔纳开始训练雷克斯。通常驯虎采用软办法，但对这只老虎，他采用硬办法，要让老虎知道它是被别人征服了的。贝尔纳深知老虎袭人总是从背后开始，在扑过来之前，总要先盯着人背后好几分钟，一动也不动，眼光成迷糊状。此时就需采取行动，否则将

会招致悲剧。在好几次训练中，贝尔纳故意背转身去。当他感到老虎在背后趴着不动，呼吸声变得急促了，就倏地回过身子，猛地给老虎抽上一鞭子。有时，当他看见老虎的眼睛变得蒙眬了，又故意稍等几分钟，然后在老虎即将扑过来之前揍它。

几个月后，雷克斯被驯服了。它学会了坐凳子，跳火圈。然而贝尔纳感到，这只老虎与其他老虎不尽相同，它之所以听话是因为它觉得自己是弱者。和这样的老虎在一起，贝尔纳懂得任何一分钟都不能掉以轻心。贝尔纳能带着七只老虎表演是个巨大的成功，特别是雷克斯的表演更给观众留下了深刻的印象。连观众也看得出，带这只老虎表演危机四伏。

1950年，贝尔纳又买了另一只老虎，是只雌老虎，取名"苏尔塔娜"。苏尔塔娜和雷克斯相反，矮些，细弱些。但它非常灵敏，跳得高，富有弹性。那跳动的样子和着地时的姿态都漂亮极了。尤其有意思的是，苏尔塔娜对它的训练人产生了莫名其妙的感情。只要贝尔纳一示意，它就倒在地上打滚子；一抬手，它就像只猫一样地做着媚态，用脚搓着自己的脑袋。训练苏尔塔娜，他无需甩鞭子，也无需提高嗓门。毫无疑问，这只老虎"爱"上他了。

八只猛虎表演，这是个奇迹，从来没有一个驯虎者能驯服这么多老虎。苏尔塔娜对驯虎人表现出来的爱恋之情更赢得了观众的赞扬，而雷克斯则以惊人的块头和可怕的爪子让观众不寒而栗。

1950年9月，贝尔纳带着虎队到斯德哥尔摩作特别表演。当时观众云集，而且那时候第一次有了电视。当他一钻进笼子，便欢呼声雷动。八只老虎一个个进了笼子，坐到凳子上。贝尔纳向观众致意。可当他一转过身子，突然发现雷克斯在背后蜷缩起来，眼睛变得迷糊，好像要跳起来。贝尔纳朝它的脸狠狠甩了一鞭子。老虎摇摇头，伸伸爪，咆哮一声，重新坐好。贝尔纳想：雷克斯今晚心情不好。但他顾不上雷克斯了，因为是苏尔塔娜首先表演。他一叫苏尔塔娜，它就离开座位，乖乖地坐到他身旁。表演开始了。苏尔塔娜纵身一跳，再一跳，一次比一次跳得高，跳得远，轻飘飘的，像在空中飞一样。

贝尔纳甩响鞭子，喊："躺下，苏尔塔娜！"雌老虎乖乖地躺在他面前。接着，他们表演"老虎和驯虎人相爱"。在贝尔纳的示意下，苏尔塔娜像猫一样缩作一团躺在左边，用右边身子擦着贝尔纳的身体。摄像机对着它，电视屏幕上放出特大镜头，观众都看得入了迷。而后，苏尔塔娜站起身，与贝尔纳相对而立，又缓缓地把一只脚搭到他肩上，爪子全缩进去了，继而又把另一只脚搭到他另一肩上。此后，老虎用它那又大又粗的舌头舔他的脸……

倘若不是事先禁止观众鼓掌的话，这个成功的表演定会赢得雷鸣般的掌声。在热烈而静默的气氛中，表演继续进行，贝尔纳选雷克斯跳火圈。他站在雷克斯面前一动不动，手里啪啪地甩着鞭子。老虎不耐烦地咆哮着，并向前伸了伸爪子。演出场里的寂静气氛突然变得紧张起来。

面对猛虎，贝尔纳全力保持镇静。他和雷克斯之间，通常是力和力的较量，而且他是最厉害的，猛虎也清楚地知道这一点，他重新拿起火圈，高高地举过头顶，手里摇着鞭子。可雷克斯没有跳，它本是应该跳的……

贝尔纳发现猛虎的眼光变得蒙眬了，肌肉紧缩，呼吸急促，似乎要向他扑过来。贝尔纳立刻给了它一鞭子。雷克斯平息了一下，但却发出一连串咆哮，贝尔纳一边甩着鞭子，一边想，它今天怎么啦？

突然，贝尔纳的心都要被窒息了。雷克斯的毛发又蜷缩起来，

眼睛死盯着他。他举起鞭子再打，但猛虎只战栗了一下，仍然保持着进攻姿态！贝尔纳知道，猛虎现在就要朝他扑过来了，他再也控制不住它了。唯一的办法，就是和它始终面对面站着。

他急速地思考着这是为什么。他突然明白了，他刚才和苏尔塔娜的表演是一个不可饶恕的错误。雷克斯"爱"上了苏尔塔娜，它妒忌他！它要杀的不是它的训练人，而是它的情敌。

突然，观众一声呐喊，马戏场里迸发出一声可怕的咆哮，雷克斯从正面直取它的训练人！贝尔纳被320公斤的大虎扑倒，他感到那怪物的大嘴正在寻找他的喉咙。

突然，观众又爆发出另一声呐喊，只见一支黑黄的箭正穿过笼子——这一次是母老虎朝着雷克斯扑过去了，它死死抓住雷克斯的脖子！

雷克斯一惊，放开贝尔纳，向苏尔塔娜追过去。苏尔塔娜竭力抵抗，但是它缺乏对付那个庞然大物的力量。马戏团的人企图用棍子打开它们，也无济于事。

当雷克斯突然平静后，它躲到一边去了。苏尔塔娜躺在另一边，血从它的喉咙里汩汩流出来。贝尔纳带着伤走近它，雌老虎深深地看了他一眼。这一眼看得是那样恬静。

苏尔塔娜不久就死了。过了一年，贝尔纳才重新登台表演节目。这不仅是因为他受了伤，同时也是因为他所经历的悲剧把他的心都搅乱了。他曾经忘了这样一个事实：兽类也是有它的恋情的，它可以因为妒忌而杀情敌，也可以为了爱而殉情。

感恩寄语

苏尔塔娜是一只雌虎，它在受训的过程中爱上了驯养人，而它

的同伴是一只曾经咬死过前驯养人的雄虎，它的名字叫雷克斯。雷克斯爱上了苏尔塔娜。当雷克斯在表演的时候把驯养人当成了自己的情敌，并对他发起猛烈的攻击时，苏尔塔娜为了自己的所爱，毫不吝惜自己的生命，救下了驯养人。就在驯养人走到它的跟前时，它投下了深深的眼神，在生命结束的那一刻它是那么地从容、恬静，就像是去做自己早已熟悉，早有预料的事情。爱可以感化一切，爱超越了人的境界，爱可以创造神奇与神话。爱有不可预见的力量，有时可以高过高山，深过深潭。

雷克斯因为爱而产生了妒忌，变得不再乖巧、顺从，失去了理智。苏尔塔娜也因为爱才有了那竭力的抵抗，为的是自己心爱的人平安健康。这种爱不会枯竭，不会被污染，它将永存于天地之间。

苏尔塔娜的血化成了力量，让我们久久不能遗忘。如果你也有埋藏在心底的爱，那就好好珍惜，随时为你所爱的人，奉献一切，哪怕是生命，就像苏尔塔娜一样。

> 我将放弃它，让它飞翔。鱼背对我，在河流入海处倏尔回望。大海浩渺无际，盛满未知。鱼突然振动翅膀，两翼上的水倾泻而下，溅起的浪花撼动堤岸。

夜 三 种

廖无益

夜·历史一种

黄昏是打开夜的一道门。那道门在旷野中伫立，蝙蝠在它的额前乱飞。孩子把鞋子抛向空中，离它最近的蝙蝠就突然改变飞行方向，随着鞋子在空中划过一道弧线。鞋子落地的刹那，蝙蝠掉头向空中飞去。孩子三番五次把鞋子抛向空中，想把蝙蝠骗下来，一头撞在地上，可一次都没成功。它们忽东忽西毫无规则地飞翔，无言的黑影，让黄昏变得神秘和亲近。随后，黄昏就慢慢阖上眼睑，成长为黑夜，单纯而透明。

那时，农村还没有电灯。人们吃罢晚饭，就搬张凳子聚在村口，用芭蕉扇拍着蚊子，拉拉家常。伸手不见五指的晚上，只有开口说话，人们才能分清对方是谁。庄稼地从村头往远处延伸，玉米秸子遮住道路。向东走过一段土路是个缓坡，爬上去能看见远远的灯火。孩子以为是星光，大人说那是矿上的灯光。除了这些，再没什么可看。这几盏灯火，成了孩子想象的出口。

透明的黑暗在我面前伸展，像一大滴露水，富于弹性和张力，把梦包裹和融化。那黑暗清新，散溢着泥土的芬芳，干净得没一点渣子。三两只萤火虫在远处飞舞，大人说拍拍手，它就能冲你飞来。我们就拍着手，嘴里一通乱喊，果然看见一只萤火虫越飞越近，最后绕过树木，飞进我家的院墙。我们跑进院门，见那只萤火虫飞得有一人高了，就一把打在地上，然后拾起来倒捏着头，露出它发光的腹部，在黑暗中抡起胳膊，萤火就滑出一圈一圈的光。我晃着它跑出院子，用它来吸引更多的萤火虫。有时我们误把远处的烟头当做萤火，大家要经过一番争论，才能最终做出判断。

1989年。我看见更多的萤火，它们照亮了一条道路。它们像一群蓝精灵在路的上空盘旋，越聚越多。没有星光和月亮，我看见明亮的路，看见每一根树枝，看见路上的每块石头。是一条年久失修的水泥路，两旁生长着杨树和柳树，树后面是玉米地和棉花地，还有一片苹果园。每周我都从这里走过。这条路约二里长，拐弯的地方有一截海军后勤基地的备用铁路。那一天可能到了晚上9点，我骑自行车走过，还有她。秋天的庄稼像两堵墙，把道路掩成一条小巷，风哗哗地流水一样吹过，到处是虫鸣和蛙噪。天有些黑，我们小心地拐上这条小路，眼前蓦地一片明亮。直到现在我仍然疑惑，不知为什么会有那样的奇迹。萤火虫上下飞舞，点点光斑迷眼，树木泛起浓郁的鲜绿，一些细碎的黑暗被树叶遮在街巷以外。我们走过。萤火虫碰到我们身上，在手掌和胳膊上爬行，然后飞走。我们走过没有一个人的街巷。灯火通明，黑夜在街巷外面看着我们。

我对夜寄予幻想。夜像家乡的老屋，神秘，孤独，但甜蜜。那时我已经长大，自己住三间老屋。单独一个院落，是北屋，门前三层台阶，高大威严。西侧是一间耳房，里面三口大瓮，家里打了粮食就储在那儿。我从瓮里拽出过一条蛇，还在门楣上看见过一条蛇，所以家里人没事很少进去。要是开门，我就先把门拍得山响，

等开了锁还要在外面等一会儿。在老屋里也看见过一条蛇，那蛇粗得像擀面杖，当时父亲正在椅子上吃饭，母亲就叫起来。父亲拿插炉子的铁棍乱杵一通，蛇可能带着伤从箱子后边的墙缝里逃掉了。于是父亲就用石灰把墙缝抹了一遍。现在老屋已很少住人，但墙缝早就涂平抹死，不可能有蛇出来了。

老屋的气息宁静安详。屋后面是小路和庄稼地。后墙上开两个小窗，像老屋的两只耳朵。我能从这两只耳朵清晰地听见庄稼叶子的摩擦，或过路人偶尔走过时的脚步与对话。几只壁虎在窗外趴着，伺机捕获被灯光吸引的昆虫。如果有雨，就能听到庄稼叶子更动听的演奏，那声音据说曾被音乐家写入乡村音乐经典。院子里有棵梨树，风雨大的时候令人担心，半夜里能听见梨子落地的声音，或砸碎在磨盘上的声音。它们使夜显得富有。

但是我越来越失去黑夜。生活的碎片被灯光照耀，反射出彩虹，辨不清面孔。这些黑夜向灯光敞开，但并不透明。那是午夜或凌晨。铁链锁着大门，我没带钥匙，只好手脚并用翻门而入。大门被弄得哗哗作响，整条街都能听到。有一双眼睛从窗户后面看见我，认出我，但并不说话。大楼上一个窗口睁开，有人彻夜不眠，等早晨来人接班。一排路灯在我面前伸展，是一些声控灯，不管我走路多轻，只要走到跟前，它就打开，为我照亮道路，同时还照亮我的脸，我的表情，照亮地上的影子。树阴在灯光下面敞开。宿舍楼上仍有灯光，有一个窗口很多天都不熄灯。有一天我站在楼上，看见一个赤身裸体的女人。她在房间里晃来晃去，日光灯把她的身体照得惨白。她拿手帕拍打蚊子，乳房下垂，像两只虚肿的眼睛。它们把窗帘拉开，它们没有性别，它们肆无忌惮。

我想念纯洁的夜。它从山顶上一跃而下，在我们身后张开翅膀。那温暖的翅膀。它把道路掩盖，把桥梁托在空中，把树木藏进风里，把狗叫声拉长，把鸡撵进窝里，把旷野清理干净。它慢慢喘息，把筋骨铺上旷野，懒散地进入睡眠。在明天太阳出来之前，它有足够的时间完成一个梦，有足够的时间蕴育出露水，看到启明星在东方升起。黎明之前的美丽黑暗像一道闸门，矗立在北方的旷野，把夜和白天截然分开。一旦闸门开启，白天就抢步而进，阳光奔溅如决堤的洪水。

我想念纯洁的夜。当所有的人都不在，我想把夜慢慢合上，在那里寻找黑暗。但夜兴奋异常。夜从我的咖啡里跳出来，在桌子上打滚，然后掉到桌子底下。我无法把它拾起来，它已破碎不堪。夜在广场上消失，在树林后面消失，让亲吻无处躲藏。夜晚的恋人，我看见他们依在树下，流水在他们身旁经过。草皮柔软。地灯在他们不远处彻夜不眠。人们来回行走，看见他们。他们盼望着黑夜。

但夜停在远处，在树梢以上，在楼顶以上，在城市以上。

夜·思维一种

我等一个人，她在雨中跋涉。

我面对窗户，在自己的影子里看见夜色。

壁灯打开，房间被照亮。窗内是壁灯，家具，床铺和我自己。窗外仍是壁灯，家具，床铺和我自己。我身后是黑夜。黑夜在树木和楼房之间昏睡。

在自己的影子里，我看见秋天的雨，杨树的枝叶和拨动枝叶的灯光。穿过自己的影子，是黄昏和一条游动的鱼。

那时，阴云低垂在河上，水流平缓，偶尔闪烁白光。河水从上源而来，密密的层林错落。山坡在层林后面，如女子的乳房，随大地的呼吸缓缓起伏。

堤岸被冲刷，一层层剥落，露出的石片龇露着牙龈。一角探入水中的堤岸长满丰草。

在我不远处，小小的沙洲捧起蒹葭。那白色和蓝色的花蕾，像小鸟一样发出和鸣。

我的钓竿微颤，在鱼线入水的地方，泛开一圈圈涟漪。

潮气逼人。鱼在远处跳跃，看见我的钓钩。

在下游更远处，村庄升起炊烟。袅袅白气，像河流一样古老。

雨很快就要来临，沉重的天空垂下翅膀。

我身后的茅屋将被雨水浸泡。土坯垒起的鸡窝已盖满茅草，窝门用木板堵住，顶上青石。那些鸡在黑暗里睡觉。

我等一个人，她在雨中跋涉。

绕过自己的轮廓，我看清那扇门。它在我身后虚掩，等待被敲响。它在我身后，默默通向一个女性。

无法安坐。我无法拒绝雨的气息，那雌性的抚摸和碰撞。

我看见一条鱼，它在钓竿旁嬉戏。整个水面空无一物。

水面像大海一样广阔。那条鱼顺流而下，迅速成长。它的鼻息像火山一样翕动，它的鳍高高耸立，划破水面。它黑色的脊背摩擦天空，闪耀电光。它的腹部跃起，把水面震撼，掀起轰隆隆的雷声。

我无法安坐。我听见一个女子的脚步。她的手臂轻盈摆动，健美的腿拨开夜色，她的伞刚刚收起，雨水淋漓。走进大门的时候，她回头看外面的雨。

巷子里一片黑暗，水果摊和小菜铺不知去向。垃圾被冲到路边，堵住井口。她的裙边已经淋湿，粘在腿上。大厅里一片寂静，门是音频的左声道和右声道，把雨声分别打开，然后又关掉。

她站立不动。她记得左边是一面镜子，镜子后面是沙发。一些男人坐在那里吸烟。一些女孩有些羞涩。

她记得右边有一条地毯，它向前爬上两层台阶，然后继续铺开，大约经过20个房间。每一个房间的门都紧紧关闭，透不出灯光。

她的眼睛渐渐适应黑暗。她看见正前方的楼梯，楼梯口那个垃圾筒的闪光，楼梯扶手的闪光，那些闪光显得坚硬而安全。她把鞋子脱下来，用手指钩着，慢慢走上楼去。每一层有七级或八级。她暗暗数着，不敢弄出一点声音。拐弯的时候，她隐约听见一两声嬉笑。那嬉笑从一侧的长廊飘出，在临窗栏杆上跳跃。

她的心微微一颤，一点温柔在心底漾开。

所有的门紧紧关闭，只有我的门虚掩。我从窗户上看着身后的门。

大雨从河流上出发，很快逼近我的小屋。我记得那条鱼，它黑色的身躯在白浪里出没，它的侧鳍伸展，像翅膀一样有力地扇动。

我收回我的钓钩。我将放弃它，让它飞翔。鱼背对我，在河流入海处倏尔回望。大海浩渺无际，盛满未知。鱼突然振动翅膀，两翼上的水倾泻而下，溅起的浪花撼动堤岸。

我给人讲起这条鱼，讲起它对我的回眸一顾。它已经飞走，我的天空无限高远。在阴云的黄昏，我怀念它的翅膀。在夜晚，它的翅膀将星辰遮蔽。

现在，面对无限高远的天空，我幻想有一种东西填满它，让它充实，有一种东西打碎它，让它空虚。当我抚摸它，在几千个夜晚，没有人打扰。

大雨来到我门口。我正记下一些东西。

　　我抬起头，在窗户上看见自己的轮廓。我从自己的轮廓里看见外面。我的轮廓在窗户之外，把灯光遮住。

　　在轮廓之外，我看见门。

夜·空间一种

　　三个人聊到很晚，炖熟的鸭子满满一盆，没大见下。这时，"哇"的一声，一个服务员在门口叫。扭头看时，雨铺天盖地地砸下来。隔着门和玻璃，是被压抑了的阵阵潮声。一本杂志泡了酒，和几个啤酒瓶子扔在一起，那杂志上有老李的东西。老李骑一辆破摩托大老远地过来，到这儿的时候整7点，天还晴得好好的，不过热得要命。我们跑了半个小城，好容易找到这家有空调的餐馆，才沉住气坐下来，要一捆冰镇啤酒，特色炖鸭子，再看看那本杂志。

　　"那天下午的阳光不算灿烂，风却出落得温顺、柔情，台历板上的温度计显示在12℃左右，不冷不热的好天气，很值得不轻不重地干点什么，如果无事可干，心情肯定会像被风抬到半空的废塑料袋，没着没落的有些飘。镇政府大院里的三棵白杨树刚劲、挺拔。西边半腰鼓突着树瘤的那棵，略去树瘤以上的部分，很容易令二伯想到男性那种点化生灵的神秘兮兮的雄壮的器官。"

　　雨越下越大，两个服务员聚在门里头往外看。对面的加油站亮着灯，没一个人影儿；旁边的修车铺早收了摊，一个旧轮胎扔在马路沿子上。除此之外，视野里一片模糊。看出小餐馆有些撑不住了，熬到现在，厅里就剩下我们三个。我劝老李先住下，然后把最后一杯酒灌进肚里。

　　一辆小"面的"瞅准机会，亮着黄灯开到门口，小伙计跑过去开门。瞅瞅淋在雨里的破摩托，老李狠狠心，就一头扎进车里。我吆喝小伙计给看好，费劲地拉门。离店远了，天黑得越来越瓷实，除了偶尔开过的车辆，冷得发抖的灯光，什么也看不见，像到了一个陌生的地方。那些灯光不断出现，又在十几米外被淹没。非常陌生，街道，划过车顶的树枝，还有出租司机。

"山间小路逶迤伸展。远处两只野鸽飞起飞落，忽然靠在一起，一阵交颈撕摩之后，遁入谷中的洼地。当空一堆涌动的云朵像一只饱满微颤的乳房，鼓胀绵软，其间藏尽了深邃。二伯的心情如头顶的天空一样空阔、明澈。"

车子在颠簸，转向，司机告诉我们道路。仅有10分钟。隐约一个花坛。湍急的水流，假山。晦涩的门楼。车门被拉开，一个女子早撑着伞站在外面。老李先下去，那女子把他扶到门楼底下，又撑伞跑回来。帮老李登上记，送他进客房，温馨的气息。仍然不知这是什么地方。它似乎在一个陌生城市的角落，或中心，应该是高层，很亮丽的灯饰，大红匾额。但现在什么也看不见。它被黑夜和雨水裹住，只剩了一张嘴。我想这张嘴正小巧地噘起，涂满口红。

老李。一个人待在雨天的滋味。何况是夜的雨。他可以带着二胡，或一本书。他的手有些痒。独自在这个地方没人倾听。周围是水，上面是水。门外有很多条道路，没有一条要他走。水已经漫过台阶，把整幢楼漂起来。把草地和花朵淹在下面，把白天也淹在下面。把黑夜浮起来。

"待二伯的神志有所清醒，恍惚间看到女人正站在门台前，手里扯一块头巾抽打身上的尘埃。女人侧转身，一条腿微屈微跷，头巾随枝条般的胳臂上下起落，另一侧臀部和腰身弯出一个优美的弧度，下端有一角纯白的裤兜的白里向外裸露拱起，宛如一只探头的白鸽。二伯呆呆地凝视着女人这个妙不可言的造型，一阵血涌之后，神思恍惚。二伯真想猛扑过去，把她狠狠揣进怀里。"

黑夜里的一张小嘴。她的口红被渐渐洗掉，呈现寂寞的淡蓝。老李住在里面。我们走。那女子打着伞，把我们一个个送上车。另一个女子站在门楼下面，没有任何表情。我仍旧辨不清方向。老李的那本杂志攥在我手里，上面有他的东西，那东西为他挣了1500块钱。现在，我要回家。我忘了路，命运攥在司机手里。老李的车子还在店里，明天去骑。老李一个人住宾馆，还有两个女子。他还会写小说。

车子驶出不远，回头看时，那张嘴已经合上，把老李吞进肚里。车子后面，黑夜也慢慢合上，把我们吞进肚里。

感恩寄语

夜是那么宁静，我们可以让思想放纵奔流，回忆童年的点点滴滴，好比小时候我们把手浸在水盆里，抓住了一切，而双手从水里拿出，却又什么都没抓住。感受却又如此地清晰甜蜜。

家乡的夜浸泡在漫天的星光里，高过人头的高粱总传递着畅快淋漓的信息。这种美好真的不忍心去打破，就如娇嫩叶子上的露珠，稍一触碰就滴进土里，再也找不到它的讯息。

你看那月亮，上来了，却又娇羞地拿云儿遮住半边，像邻家的姑娘。不远的松树该有松涛阵阵吧。

一阵微风吹过，在晶莹星光里的白杨，在微风里清洗着俊美的面颊。然后向远处投下了深深的一瞥，那么自然。

远处高山神秘、朦胧、安详，一种诱惑向你袭来，如同徜徉在梦境。清风掠动月色，泉水呢喃不息，萤火飘忽不定，孩子们追逐萤火的足音响远又响近。众鸟已入梦，唯夜莺浮在月光海上⋯⋯

如此美丽的夜，才是思绪的储藏地。

> 我无意在同为孩子的两代人之间，以文明的名义作比较。童年的乡土，只要有所决定必然都是天赐。

天赐之畏

刘醒龙

那一年冬天雪特别多。春天来得晚不说，被称做倒春寒的日子，也过得没完没了。冷几天又热几天，好不容易盼来春天，大家便上山去采细米蒿，拿回来做蒿子粑吃。我们往山顶上爬，一只硕大的野兔从麻骨石岸上的草丛中蹿出来，跑到可望而不可即的距离处就不跑了。在乡村传说中，兔子也会占山为王，一面山坡上只会有一只兔子，如果有第二只，一定是临时过路的。我们早就晓得后山上有这样一只当了山大王的野兔，下雪的时候，曾经专门上山寻找过它。地理上属于南方的大别山区，再大的雪也不会将一面山铺得如同一床棉絮。那是我们最盼望的，盼望它能像大兴安岭的林海雪原，盼望它能像北极圈边缘白茫茫的冻土带，那样，一只小动物躲在积雪深处，雪地的表面上就会出现一对热气腾腾的小窟窿。我们都到了迷恋读小说的时期，因为身边一直落不下将一切物体遮掩得无影无踪的大雪，经过反复讨论，我们最终一致认定，比较大小兴安岭、天山、昆仑山、喜马拉雅山，大别山的名字是最不好听的。

之前，后山上的野兔，只要一被我们发现，便一溜烟地翻过山脊，聪明地绕上老大一个弯，这才悄无声息地回到自己的属地。春

天的这只野兔一反常态的样子，很容易让人想起传说中的女妖精，就是这样一程接一程地为追捕它的猎人设下圈套。大孩子们还在揣测野兔的心机，小一点的弟弟妹妹，不管这一套，只顾往麻骨石岸上爬。在野兔的藏身处，长着大片鲜嫩的细米蒿。就这样，我们发现了一只极为可爱的小野兔。或是双手捧着、或是撩起衣襟兜着小野兔的当然是女孩子们。她们将它抱回家，将那只曾经装过刺猬的竹篓倒过来罩住小野兔，然后上自己家的菜园，抠出一把刚刚长出第三片叶子的苋菜，撒在小野兔的鼻子前面。没想到仍然是枉费心机，甚至更惨。傍晚时，一家人在外屋吃饭，端起饭碗之前，小野兔还活着。孩子当中动作快的先放下碗筷，一到里屋，便惊叫，小野兔死了。

小野兔没有吃一口我们为它准备的最多才三片叶子的苋菜就死了。没有人相信，小野兔就这样死去，都以为它是装死，等到没有人时就会重新活过来，女孩子用自己攒下来的花布头为小野兔铺了一张小床，让它独自睡在上面。

过了一夜，孩子们全都醒过来了，小野兔不仅不醒，那副软软的身子还变硬了，侧躺在花布头铺成的小床上，很薄很薄的野兔僵尸，唯有那只仍然闪亮的眼睛，仿佛是在照耀有阳光的窗口。在乡村，泛神主义者通常被视为胆小。在我提起野兔的一只耳朵的一刹那，手指接触到的小耳朵是柔柔的，一点力量也没有，感觉上却分明有一股坚硬的东西直插心底，并从那里出发快速抵达全身各个敏感之处。

在我们长大成人后，在一次难得的团聚日子，不晓得如何说到这件事的，我忍不住问大家是否记得小野兔当时的模样。出乎意料，大部分人都同我一样，刻骨铭心地记着当时的情景。那些不记得的，马上被我们认定为，当时一定是背对着窗口。当年居所中睡房的窗户正朝着远处山坳，刚出山的太阳总是将它塞得满满的。被拎起来的野兔僵尸实在是太薄了，很浓很浓的阳光很轻松地穿透过来，将小野兔身体内的肠肚心肺和骨骼隐隐约约地投影在我们眼前。

按道理，那时候乡村里宰杀牲畜的情境我们早已见惯了，杀鸡杀猪杀羊杀牛，非但不怕，还站在附近挪不动脚，非要将整个过程看完了，最终嗅到开膛时浓酽的血肉芬芳才肯离开。小小的野兔僵尸让我怕了，一连多天，如果无人做伴，自己绝对不敢独自待在睡房里。再上山捡柴时，不管在什么地方，只要遇上野兔，身上就会无法遏制地冒出一堆鸡皮疙瘩。

多年之后，儿子长到我当孩子时那么大，有一次，我带他去爬大别山主峰，因为汽车出了故障，上到天堂寨的山腰时天就黑了。在汽车的前大灯照射下，一只果子狸趴在山间公路上不敢动弹。儿子连忙下车将果子狸抓起来，又从汽车的后备箱中拿出一只纸箱，将其关起来。在山上的几天，一群孩子天天趴在纸箱旁，逗那果子狸。临下山时，他们却一致决定，将这只果子狸放归大自然。我无意在同为孩子的两代人之间，以文明的名义作比较。童年的乡土，只要有所决定必然都是天赐。

感恩寄语

一只小野兔在孩子们的关爱中决绝地死去了，让当时还是孩子的我们产生了一种对自然的敬畏之感，这种感觉就像一股坚硬的东西直插心底，并从那里出发快速抵达全身各个敏感之处。对自然的敬畏是人对自然另一种方式的尊敬和爱护。

有时，人类只按照自己的心思对别的生物施加自己的爱意。但是，恰恰相反，人类施加的并不是其他生物所需要的，孩子们喜欢小野兔就把它捉了起来，关在笼子里，想给它关爱。可是孩子们没有想到，自己的喜欢恰是建立在小野兔的痛苦之上的，它远离了自己的妈妈，有离别之痛，新的环境看似很舒适，但对于小野兔来说并不适合，它们喜欢吃的东西也不是孩子们认为的那样，所以，它宁愿死去，也不想生活在痛苦里，更不想把自己的生命放在任人摆布的位置。

同样，对于我们的朋友，有时候会抱怨好心当成驴肝肺，就是因为你的爱心没有用到适度。或者只凭自己的喜好而没有顾忌对方的感受，就会出现好心办坏事的结果。错爱，对谁都有点冤。

第六辑
感谢自然，珍惜家园

　　雨是世间万物一切生命之源。因为有了雨，灯香的种子，你追我赶地钻出地面，用两枚触须般的细叶，感受着新的世界的快乐和神奇。因为有了雨，世间就充满了生机与活力。雨，看似微不足道，却有着如此神奇的魔力，它滋润着世间万物。

徘徊于自然的脚步声中，常怀一颗感恩之心，即使卑微如小草，也自有小草的芬芳；即使渺小如水滴，也会用全身折射阳光。让我们满怀着一颗感恩的心重新看待自然吧！

感谢自然，珍惜家园

人们常会天真地认为，人类是大自然的主宰。你看，有那么些人，带着全副装备，历尽千难万险，爬到千年积雪的顶峰，把手中的小旗往脚下一插，就豪迈地宣布：我们已经征服了高山。

有句话说"人类一思考，上帝就发笑"。如果高山有情，面对这些"征服者"也会笑得前仰后合。一只蚂蚁，有幸艰难地爬上了大象的背，于是它宣布：我已征服了这只大象。这是不是太滑稽了？意大利有位女探险家，不远万里来到新疆塔克拉玛干沙漠，她要挑战自然，徒步穿越大沙漠，创造奇迹。可是当她走出沙漠时，却跪倒在沙漠边上。记者问她有什么感想，她说她并没有征服沙漠，而是要感谢沙漠让她通过。

我们曾那么意气风发地相信"人定胜天"，口口声声说要改造自然。大片大片地开山垦荒、围湖造田，大肆砍伐森林，无节制地掠夺自然资源。几百年才长成的林木，人类可以在短短的几十分钟内让它们从地球上消失；上千年的热带雨林，可以在几年内将它们变成光秃秃的平地；几百万年才进化而成的物种，可以在几十年间使它们绝迹。人类还有什么不能办到的？大家说人类的力量真是伟大。可是，人类还设有来得及陶醉，大自然就反过来惩罚人类了：

水土流失使江河水位上升，水灾频发，生灵涂炭；沙尘暴肆虐，大气污染，局部地区的空气质量已不适合人类居住。这到底是谁征服谁？

究竟什么才是人类的力量？

当我们想砍伐参天大树时，果断地放下了砍刀；当我们想品尝珍禽野味时，毅然地收起了猎枪；面对一片静谧的湖水，我们发出一声由衷的赞叹；面对一座巍峨的高山，我们欣赏它的神秘和雄伟……这才叫人类的力量——理性的力量。

徘徊于自然的脚步声中，常怀一颗感恩之心，即使卑微如小草，也自有小草的芬芳；即使渺小如水滴，也会用全身折射阳光。让我们满怀着一颗感恩的心重新看待自然吧！

大自然是最资深的专家，可以为我们的人生画卷做出最完美的点评。感谢太阳给予我们光明和温暖，感谢明月照亮了夜空，感谢朝霞捧出了黎明，感谢春光融化了冰雪，感谢大地抚育了生灵……感谢大自然，因为大自然给了我们生命之源。感谢自然，收获美丽。

当我们在自家的书桌旁盯着那条鱼看时，我们看到的是美丽和幸福，还是残忍、悲伤、恐惧以及死亡？

一年寿命的鱼

周海亮

一个很小的装饰品店，门口挂着两个火红的中国结，很喜庆，感觉很不错，心想，进去看看吧，说不定会淘到什么好东西。一眼，就看到了那个瓶子。瓶子芒果般大小，晶莹剔透的玻璃，夹一丝丝金黄。也是芒果的造型，艳丽、逼真。之所以说它是瓶子，是因为装满了水，而且那水里，正游着一条两厘米多长的黄色小鱼。

瓶子里装了水，水里面游着鱼，这没什么稀奇，稀奇的是，这个瓶子是全封闭的，没有瓶口，没有盖子，没有一丝一毫的缝隙，是一个完全封闭的玻璃芒果。

可是那些水，那条鱼，它是怎么钻到这个完全封闭的玻璃世界里去的呢？

"厂家在生产这个瓶子的时候，就把鱼装进去了。"店主告诉我，"这需要很尖端的技术。"

你想啊，滚烫的玻璃溶液，一条活蹦乱跳的鱼。我去啤酒瓶厂参观过，我知道所有的玻璃瓶子都是吹出来的，在吹瓶的时候，瓶子会达到一种可怕的高温，鱼和水不可能那时候放进去。那就只剩下一个解释：厂家先拿来一个芒果造型的瓶子，装上水，放上鱼，然后想办法把这个芒果完全封闭起来。

我想店主说得没错，这样一件小的工艺品，的确需要很尖端的技术。店主告诉我，这个玻璃芒果，这条鱼，只需要30元。

"倒不贵，可是我弄不明白，我们怎样来喂这条鱼？怎样来给这条鱼换水？"

"不用喂，也不用换水。"店主说，"这里面充了压缩氧气，这么小的一条鱼，一年够了。也不用换水，水是特殊处理过的吧。只要别在阳光下暴晒，这条鱼完全可以在这个小瓶子里很好地活上一年。"

"那么一年后呢？"我问。

"鱼就死了啊！"店主说，"几十块钱，一件极有创意极有观赏价值的工艺品，也值了吧。"

当然，我承认值。这比花瓶里插一年鲜花便宜多了。可是，店主的话还是让我心里猛地一紧。

"鱼长不大吗？"我问。

"你见过花盆里长出大树吗？"店主说。

"那么，这条鱼的自然寿命是几年呢？"我问。

"三四年吧。"店主说。

心里又一紧。

自然寿命三四年的鱼，被一个极有创意的人，被一个有着高端技术的工厂，硬生生剥夺了自然死亡的权利。一年后是鱼这一生的什么时间？少年吧？青年吧？或者中年？

可怜的一年鱼！

为了自己日益苛刻的味蕾，我们杀掉才出生几天的羊羔；从蛋壳里扒出刚刚成形的鸡崽；把即将变成蝴蝶的蚕蛹放进油锅煎炸；将一只猴子的脑袋用铁锤轻轻敲开……现在，为了日益荒芜的眼

球，又"创意"出一条小鱼的死亡期限，然后开始慢慢地倒计时。

当我们在自家的书桌旁盯着那条鱼看时，我们看到的是美丽和幸福，还是残忍、悲伤、恐惧以及死亡？

我想有此一创意的人，如有可能也应该享受到这条鱼的待遇吧？把他装进一个电话亭大小的完全封闭的钢化玻璃屋里，准备好三年的空气、食物和水，然后扔进寒冷的北冰洋，让一群巨鲨们，每天眉开眼笑地倒计时。

 感恩寄语

为了养眼，为了展示人类自己的所谓聪明才智，我们人为地剥夺了鱼儿两三年的生命，把它的寿命限制在一年。生命对于我们只有一次，对于鱼儿也只有一次呀，可是它的这一次，却充满了荆棘，它需要无时无刻地寻找那条根本不存在的逃亡之路。人类看它时，抱着观赏娱乐的心态，为自己的创意而惊叹和窃喜，但是，这条小鱼呢，它充满着迷惑和惊恐，根本不会意识到自己已濒临死亡。知道了又能怎样？毫无意义的抗争与期许，在人类的英武与智慧面前像无力的风。

吟诵着"生命诚可贵，爱情价更高，若为自由故，二者皆可抛"的人们是不是该想想，类似这条鱼儿的生命，有多少在呐喊，可能我们装作听不见。今冬的新疆雪灾，今年的西南大旱，北方漫天的沙尘暴，是不是大自然给我们开的罚单？

漠视生命，践踏生命，是可悲的。我们要善待递反心理有的生命，不仅仅是我们的同类，还有其他的生命，因为在这独一无二的生物圈中它们的存在与我们息息相关，正是因为有了它们我们生活的星球才多姿多彩，才浪漫依然。

> 　　其实生活中得到与付出永远是成正比的，每个人的生存状态往往取决于自己对于生活的态度。

一只流浪猫

张　娜

　　自从这栋大楼来了只流浪猫之后，这里常见的老鼠就几乎绝迹了。这是一只体形硕大的灰猫，有一尺来长，尾巴不知什么原因只有半截了。因为肥胖的缘故，走起路来摇摇晃晃的。只有看到老鼠经过时才身手敏捷。不知道它在哪里安了家，我总会在下班回来的时候在楼道上与它相遇，彼此之间都吓了一跳，可每次都是无声无息地掉头离去，它是怕人的。

　　因为有一只猫，原本冷清的楼道有了些许生气。熟悉了些之后，灰猫偶尔也跟我上楼。我住在三楼，总会将吃剩的饭菜倒在门口的一个小碗里。它先在碗里嗅一嗅，然后吃上一两口，很挑剔的样子。

　　二楼住着一对年轻的小夫妇，他们是这栋楼里除我之外最关心这只猫的人。偶尔黄昏出去散步的时候，夫妇俩总要带点猫食回来，站在楼梯口"喵呜喵呜"地叫着。有一次灰猫不小心掉进水沟里，叫唤了半天才被夫妇俩捞上来，又是洗澡又是吹干，忙了整整一个下午。彻底洗干净后灰猫容光焕发，走起路来精神抖擞，叫起来神气十足，也许动物也是有尊严的吧。

　　六楼的胖女人正在闹离婚，也是最讨厌这只猫的人，笃信"猫来穷，狗来富"之说的她每天抱着一只毛茸茸的狮子狗上上下下，

看见了灰猫总要骂几句，把所有的坏运气归于它的身上。

期间有一位自比潘安才过子建（可惜不是富比石崇）的护花使者登门造访了我租住的小屋，他没话找话地将自己的个人简历和盘托出，除了恋爱史没有交代之外，连在哪里上幼儿园都说得清清楚楚。双方有一定了解之后我们出去吃饭，出门的时候，他把那只在门口吃鱼头的猫一脚踹老远，可怜的灰猫躲在墙角"喵呜喵呜"地叫。我看了这个人一眼，没有做声。

灰猫像往常一样在楼梯间游荡，可没想到有一天却被六楼的女人发现了它的秘密，胖女人在自家的蜂窝煤后面找到了猫的老巢，里面居然还有几只没睁开眼睛的小猫，这个迷信的女人盛怒了，觉得生活中的种种不如意都找到了根源，便咬牙切齿地将那几只小猫从六楼扔了下去。可怜的灰猫像疯了一样，蹿上蹿下地寻找着自己的孩子，最后在一楼的花园找到了那些被摔死的小猫。它整天整天地守在那里凄楚地叫着，叫得所有人的心都紧紧的。

从那天起，我们再也没有看见过这只灰猫。大楼里的人们一如既往地过着平静的日子，除了六楼的女人。她丈夫终于和她离婚了，把房子留给她。有一天，她丈夫——哦，不，前夫，叫了一辆车来搬家具，这个平时飞扬跋扈的女人哭得惊天动地的，像死了亲人一样。

其实生活中得到与付出永远是成正比的，每个人的生存状态往往取决于自己对于生活的态度。比如说六楼的女人，比如现在还过着幸福生活的二楼小夫妇。想通了这些的我毅然跟那所谓的"护花使者"划清了界限，这个家伙还没弄清有些规则就被淘汰出局，也许他做梦也没有想到我的衡量标准仅仅是一只流浪猫。

一只猫就是人性的天平，可以称出良心的分量。

感恩寄语

　　生活原本是一面镜子，一面平整而完美的镜子，总有些人为照着自己的全景而想方设法，机关算尽，将镜子打碎，使原本光洁无暇的镜子碎成了无数小块，因为每一块秉性不同，形状各异，也有了不同的反射，照出了不同的嘴脸。二楼的恩爱夫妻心存阳光，充满着爱心，所以猫的到来给他们的生活带来情趣与欢乐。六楼的胖女人把一切过错都归结到猫身上，咒骂，甚至摔死还没睁开眼的小猫，灰猫的孩子没有过错，只是胖女人的心态出了问题，最终导致她的婚姻曲终人散。貌若潘安的求婚者看似彬彬有礼，其实，就是他的临猫一脚，让人看到了他的真实面目，"这个家伙还没弄清有些规则就被淘汰出局，也许他做梦也没有想到我的衡量标准仅仅是一只流浪猫。"自然他也没有追求到理想的姻缘。

　　人说再烦，也别忘记微笑；再急，也要注意语气；再苦，也别忘坚持；再累，也要爱自己。心态决定人生。

我永远忘不了十几年前的那头麝，它让我明白，人类应该也必须善待动物，否则它们可能用意想不到的方式报复我们——甚至跟我们同归于尽。

永远铭记一头麝

马文秋

1988年秋，我和两个朋友去西藏波密县考察。那里位于念青唐古拉山东部山麓至横断山脉的过渡带，峰高谷深，森林茂密。我们特地请了会说汉语的珞巴族青年做导游。他叫纽格，皮肤黝黑，精明强干，是个经验丰富的好猎手。

由于地广人稀，当时还允许适当狩猎，我们就请求纽格带我们过一把打猎瘾，他同意一起去猎麝，并且介绍说，麝香价格相当昂贵，一个完好的麝香囊起码值2000元。麝因此遭到大量捕杀。

清晨，我们一行四人背着行囊上路了。很快，在一片冷杉林里纽格发现了麝的踪迹。他判断麝刚刚经过这里，我们立刻循迹追踪。

走了几百米，纽格示意我们停下来，他取出强弓，搭上一支竹箭瞄准。他分明已经发现了目标，可我们瞪大眼睛注视前面的灌木丛，却什么也没看见。

突然，灌木丛中"嗖"地窜出一个黑褐色的影子，是麝！几乎与此同时，纽格的竹箭飞射了出去！一瞬间麝腾空跃起，竹箭仅中了后腿。麝逃跑的速度极快，一会儿便逃到几十米开外。纽格又射了几箭，都被树枝挡住了。

"它受了伤跑不远，咱们快追！"纽格气急败坏地带头猛追。我们顺着麝滴下的隐约的血迹爬了好几道坡。麝的影子时隐时现，最后停在了一个大山洞口。我们请求纽格先不要杀死它，让我们好好观察一下，再说它也绝对跑不了。

距洞口20米远的地方，我们停下来，只见那头麝靠着洞壁站着，约有一米长半米高，通体黑褐色，像小型的鹿。它虽是食草动物，却长了一对长长的獠牙，怪吓人的。只是，它的四肢在微微颤抖，身上汗津津的，看样子已没力气再跑了。它盯着我们，喉咙里发出低沉的吼叫，似乎是威胁我们赶快离开。

观察得差不多了，又照了不少相，我们向纽格提出，能不能活捉它。纽格同意了，提醒我们一定要多加小心。因为黑麝性情较狂野，肯定会反抗，尤其那对大獠牙，曾挑断过猎手的小腿。我笑道："困兽犹斗，我们知道！"

于是我们卸掉身上所有的装备，分散开一步步逼了上去。麝见状颤抖得更厉害了！我突然发觉动物竟也有那么丰富的面目表情：绝望、乞求与愤恨……

麝没有跟我们拼命，而是突然转身，向洞中跑去，并且很快拐了弯。"快追！"纽格吼道，带头冲到洞口。我跟在最后面，隐隐听到洞中传来麝的惨叫和可怕的"呼呼"声，随即是纽格的惊叫："不好，过山风！快跑啊！"他的声音听起来恐怖到了极点！还没等我转过身，便见洞中窜出几条黑乎乎的大蛇，上半身高高翘起，凶神恶煞般猛扑出来！我们的魂都快吓丢了！

我曾是学校的百米赛冠军，迅速跑到几十米以外。李童也随后逃出来。纽格腿脚更没问题，可我们的同伴大壮不太争气，竟然跌

倒在地！纽格为了掩护他，放慢了速度，瞬间便被几条大蛇包围了。大蛇张着嘴，吐着火苗般的芯子，钢针般的毒牙隐约可见……天啊，这分明是眼镜王蛇！不用问，这个山洞是它们的窝，我们骚扰到人家门口了，它们还能跟我们客气吗？

一条眼镜王蛇箭一般扑向纽格！但见纽格身形飘动，刀光一闪，蛇头掉到地上，蛇身乱甩，鲜血喷溅了一地！我不禁要鼓掌，世上还有如此快的身手！

几乎同时，另一条眼镜王蛇扑向大壮，他没有任何反抗能力，情形万分紧急！纽格往前一跃，抓住蛇尾，猛力一抖一甩，竟将它甩出十几米远，正好落在我脚下！"莫怕，快用石头砸死它！"纽格大喊。我总算控制住自己没落荒而逃，好在大蛇也被摔得够呛，我拣起石头就是一通乱砸！

此时纽格已力杀两蛇，体力消耗很大，我和李童有心帮他，却不知如何下手，也根本不敢靠近。这时，纽格突然脚下一滑，险些摔倒在地。刹那间，眼镜王蛇弹射而起，结结实实地在他的手掌上咬了一口！

说时迟那时快，纽格右手握刀，一下子斩断了蛇颈！蛇身瘫倒在地，可狰狞的蛇头依然死死咬住他的左手，真令人毛骨悚然！

而接下来的一幕，更让我们周身战栗：纽格毫不犹豫地右手挥刀，把自己的左手剁了下来！原来，断掌是为了阻止毒液向全身扩散！

对于以失败告终的极端离奇的猎麝遭遇，我们都百思不得其解。几天后纽格做出了解释：那头麝明知洞中潜伏着眼镜王蛇，可它为了摆脱我们，不让我们得到麝香，宁肯冲进洞中，被毒蛇咬死！当然贪婪的我们也遭到了报应……

因为觉得非常对不住纽格，我们临走前给他留了一笔钱。十几年过去了，麝早已被列为国家重点保护动物，严禁随意捕猎，这是很令人欣慰的。

我永远忘不了十几年前的那头麝，它让我明白，人类应该也必须善待动物，否则它们可能用意想不到的方式报复我们——甚至跟我们同归于尽。

 **感恩寄语**

我忽然有了几种假设，假设这只麝在受伤后，我们能良心发现，不再穷追；假设在洞口时，我们心底的悲天怜人的情怀能突然敞开，不再包抄，围捕，那么那头麝的悲剧，围猎人的悲剧都可能会避免。面对着人类的利欲熏心，绝望的麝宁可被毒蛇咬死，也不愿被人类捉到。"宁为玉碎，不为瓦全"。困兽犹斗，让我们警醒。

人类对非人类动物的暴行存在已久。人类对动物挥起了屠刀，为的是食其肉，寝其皮，药其器官。君不见一头梅花鹿头上流着血，痛苦地转来转去。两个秃秃的角的根部，鲜血流出，染红了头顶两端。小鹿战栗地晃着头，泪眼婆娑，无声地诉说着一切。

悲剧不仅是麝的悲剧，也是人类的悲剧。希望我的描述会引起某些情绪的反应，我希望，这些反应是义愤，是行动的决心、誓言。

地球又不是人类所私有的，为什么容不下其他动物呢？假使有了比人类还高级的动物，他们这样对待我们，我们会怎样？

　　并不是所有的生物都喜欢雨，瞧那棵醉马草，它在酷热的旱天长得青葱繁茂，现在却垂头丧气，一种不祥的预感笼罩着它的身心。

雨后，一支生命进行曲

　　雨水淅淅沥沥地落在沙原上，唤醒了一支生命进行曲。

　　灯香的种子，像许许多多碎粒的米星儿，蜷伏在扁圆的像蚌壳的种皮里。在热沙的蒸烤下，发出高热的谵语，做着怪诞的噩梦。忽然，从那细密的沙的缝隙中透进来一股潮气，它们便立刻像惊蛰的虫儿蠕动起来，撑破了种皮，像一个个小小的蝌蚪，尾巴朝上倒游着，你追我赶地钻出地面，用两枚触须般的细叶，感受着新的世界的快乐和神奇。过了一夜，人们登上沙丘领略宜人的凉爽，他们起初觉得这里还和从前一模一样。这大漠上的先锋植物，就是利用这点偶尔降落的潮气般的生命之羹，抓紧时间生根发芽，开花结果，迅速地把光秃秃的沙丘变成它们的世界，在很短的时间内走完自己壮丽的一生；而后，又把不死的种子留在像死了的沙丘表层，等待下一年的清风细雨伴它创作童话。

　　青蛙，这天的知音，雨的灵虫。平时不闻其声，不见其形，人们都以为它们不是这朔方大漠的公民。随着一场大雨，它们便突然大声疾呼地、气势磅礴地宣布了自己的存在，沙原之夜被它们据为己有。而它们的歌声，就以一种先知先觉的敏感和嘹亮，成了对于沙原所有生命和爱情的鼓舞。它们本身，也是利用这歌声作为求偶的红媒，在这儿度过了它们喧闹而幸福的"蜜夜"。第二天，在凹地上新积成的水塘里，我们已经可以看到它们产了许多胶质的黑色的卵，横七竖八地网罩着水面。我不懂自然界的音乐，但我觉得它们绘的一定是生命的五线谱。侧耳倾听，也许这些黑色的音符已经在发着美妙的潜音，继而变成了蝌蚪。它们还来不及把那条鱼的尾巴丢在水里，就急切地爬出水面，"呱哇呱哇"，生命的交响乐真正开始了。

鱼虱、孑孓一类不起眼的小东西，竟然也在这水里繁衍起来了，成群结队地翻上翻下，尽情享受它们应有的那一份自由。蜻蜓画着圆弧飞过水面，透明的双翼在艳阳下闪闪发光。它那两个圆弧相交的地方点到了水面，水面轻轻地泛起一纹细碎的涟漪。你不要小看这个涟漪，在蚋蚊世界它是一个轩然大波，因为随着这一点一波，它们之中已经少了一个同类。蜻蜓正这么专心致志地捕捉，一只紫燕"嗖"地擦着水面飞来，把蜻蜓叼在嘴里，去喂它的宝宝。阳光下，似乎还能看到蜻蜓在燕子嘴里挣扎。这是一支特殊的生命进行曲，生命进行曲的变奏。

并不是所有的生物都喜欢雨，瞧那棵醉马草，它在酷热的旱天长得青葱繁茂，现在却垂头丧气，一种不祥的预感笼罩着它的身心。它的根已经被雨水沤烂，浑身浮肿霉烂，最后终于瘫在土里，成了别的植物的养料。雨，这万能的魔术师，正在飞快地调换着沙原的物种，创造着一个个伟大的奇迹。仿佛经过一系列变奏和转换，生命进行曲演奏得更加高亢了。

牧民们都忙碌起来，奶子一桶一桶地挤，酥油一缸一缸地捣。女人们捣一阵奶子，伸直腰撩起一绺被汗水沾在额上的头发，露出鲜花似的一张笑脸，仿佛她们的快乐完全是由忙碌而带来的。假如

没雨，草原可以一直干涸到母羊的乳腺，而这种不正常的清闲是十分可怕的。

雨后的草原上，到处奏响一支生命进行曲。

感恩寄语

雨后的草原上，到处奏响着一支支生命的进行曲！

雨是世间万物一切生命之源。因为有了雨，灯香的种子，你追我赶地钻出地面，用两枚触须般的细叶，感受着新的世界的快乐和神奇。因为有了雨，青蛙在池塘里大声疾呼地、气势磅礴地宣布了自己的存在。因为有了雨，一些不起眼的小生物，也在这水里繁衍起来了。因为有了雨，牧民们都忙碌起来，奶子一桶一桶地挤，酥油一缸一缸地捣。因为有了雨，世间就充满了生机与活力。雨，看似微不足道，却有着如此神奇的魔力，它滋润着世间万物。

雨，对于我们来讲，意味着富裕与快乐，它让大地上的一切都变得欣欣向荣，弹跳而起的水花变成了人们那一张张笑脸。它还意味着万物复苏，意味着希望，也意味着生命的源泉。人们，行走在自己的脚步里，在心田里走过四季，也同样需要这样的雨浇灌心田，有了雨的浇灌，人们的心田才不会干涸，生命才会萌发出勃勃生机。

> 而当5月28日深夜两只"义犬"被找到的消息传开后，国内甚至海外都有电话打来求证，纷纷表示欣慰、激动、狂喜……

执著守护老人196个小时的两只义犬

小狗舔唇补充水分　六旬老太奇迹生还

"狗是最忠诚的！"成都双流柑梓乡保护基地内，陈运莲一边为一只来自灾区的流浪狗滴眼药水，一边对记者说道。她的手臂和脖子有无数的红痕和小伤，都是在救狗时被抓伤的。但陈运莲从不后悔。她说，在地震发生时，彭州银厂沟内曾经有一个60岁的老太太王友琼被埋在废墟下，是两只"义犬"每天为老人舔嘴舔手，看到有人经过拼命叫，才使得王友琼在被埋196个小时后成功获救。

5月20日晚10时，经历196个小时的担心之后，新都区新繁镇居民曾令华终于见到了母亲王友琼。王友琼创造的196个小时生还奇迹，还套着另一个奇迹。成都空军五人搜救小组在银厂沟牡丹坪搜救时，听到附近有响亮的狗叫声，循声而去，一片泥石流中，仿佛有一个瘦小的人夹在两块巨石之间。成都空军某勤务营士官沙清泉手脚并用，爬上巨石旁的狭小空地。

两只狗在巨石边。沙清泉和战友一点点搬开巨石，将老人救出。老人艰难地说，她叫王友琼。地震当时，她和其他香客从寺庙废墟中爬出来，在翻过几座山后，被泥石流包围。与她同行的人都遇难了，而她却依靠雨水和从"农家乐"里逃出的两条狗，保住了

性命，因为小狗总是舔她的唇，给了她延续生命的水分。

找到山上寺庙住持　就是他养大"义犬"

根据义工的讲述和博客的记载，"爱之家"是在5月28日进入彭州的，目的一方面是搜救其他被遗弃、追捕的流浪猫狗，另外一方面是为寻找到这两只拯救了王友琼老人的"义犬"。因为，之前有传闻说，这两只"义犬"在救人后却被人枪杀了。

义工徐先生告诉记者，5月28日当天，包括义工、兽医等在内的13人在早晨9时就启程进入彭州，由于不能确定王友琼老太太被"义犬"所救的确切位置，他们一路向当地群众打听。但是，虽然当地无人不知"义犬"的故事，但到底位置在哪里，却没有一个统一的说法。

眼看着天色渐黑，又有预报说下午4时可能发生7级强余震，义工们都颇为沮丧。转机出现在到达银厂沟景区后，义工们首先是找到了救王老太下山去的解放军，随后又碰到了一个"拄着棒棒下山的胖和尚"。而这个僧人，正是养大这两只"义犬"的佛应寺的住持智富。

通过智富，"爱之家"找到了黄色杂有黑毛的中华田园犬"前进"和黄白色长毛、背上有一撮黑毛、不足1岁的喜乐蒂狗"乖乖"。徐先生说，在将"前进"和"乖乖"带离灾区时，当地很多村民都纷纷围上来要求和两只"义犬"合影。

而当5月28日深夜两只"义犬"被找到的消息传开后，国内甚至海外都有电话打来求证，纷纷表示欣慰、激动、狂喜……

（摘自2008年5月30日《广州日报》）

感恩寄语

　　一个六十岁的老太太王友琼被两只狗救下了性命，令人震惊，原来，老太太被埋在废墟下，是两只狗不断地添着她的唇，给她补充水分，并且不断地狂叫，引来救援人员。王友琼在被埋196个小时后成功获救，这就是生命的奇迹。

　　对人类有益的动物，能说出一大串。这里有个前提，你要善待它们，它们会以它们特有的方式回报人类。很多时候出人意料，甚至可以完成人类完不成的壮举。一窝燕子一个夏天能消灭上百万只昆虫，其中大部分是害虫。一年能为人类除掉200~400亩玉米田的虫子。一只猫头鹰一个夏季能捕抓1000只田鼠。

　　我们需要做的仅仅是不伤害它们，给它们留点空间，留点时间。这不过举手之劳。再多点就是我们的残羹剩饭。

　　让我们感动的还有义犬的不离不弃。196个小时，就是人也不一定做得这么执著，这么诚恳。

　　灾难之中见真情，关爱我们身边的动物朋友，可能在你需要帮助时，它会救你的命。

> 那些在年轻时曾被一阵活生生的风摇动的树仍然活着，但是10年后，只有最老的栎树还记得这些鸟儿，而最后，只有沙丘认识它们。

最后一只旅鸽

1914年9月1日，美国所有的新闻电台都报道了这样一则消息：玛莎于当日下午1时，在辛辛那提动物园去世。玛莎是地球上最后一只旅鸽。

当旅鸽灭绝之后，人们常常会怀着怨恨之情提起俄亥俄州的那个男子，是他在1900年3月24日这一天，射下了天空中那只最后的野生旅鸽。醒悟的人们，试图把幸存在动物园里的旅鸽进行人工繁殖。可是，失去了蓝天的旅鸽，已经失去了一切。1909年，剩下最后3只；1914年，剩下最后1只——人们守在鸟笼外，绝望地看着它们——死去。

谁又能相信，旅鸽，曾经是地球上数目最多的鸟儿呢。

仅仅100年，漫长，却又如此短暂。

那是1813年一个寻常的午后，天空中传来一阵巨大而杂乱的鸟叫声，奥杜邦先生抬起头来，他看到：庞大的鸟群，慢慢地遮盖了北美森林的上空，阳光不见了，大地一片昏暗。16千米宽的鸽群，在奥杜邦先生的头顶，飞了3天。这位当时最有名的鸟类学家预言："旅鸽，是绝不会被人类消灭的。"

这时美洲大陆的旅鸽多达50亿只，约为当时人口总数的5倍。

可是，欧洲人来了。

我简直不能复述他们施予旅鸽的酷刑。他们焚烧草地，或者在草根下焚烧硫磺，让飞过上空的鸽子窒息而死。他们甚至坐着火车去追赶鸽群。枪击、炮轰、放毒、网捕、火药炸……他们采用丰富想象力所能想出的一切手段，他们无所不用其极。捕杀旅鸽不仅用来食用，还用来喂猪，甚至仅仅是为了取乐。曾经，一个射击俱乐部一周就射杀了5万只旅鸽，有人一天便射杀了500只。他们把这些罪恶一一记录下来——那是他们比赛的成绩。

甚至有人想出这样的方法——把一只旅鸽的眼睛缝上，绑在树枝上，张开罗网。它的同伴们闻讯赶来，于是一一落网。有时候，一次就能捉到上千只。这个方法一定传播得很广，因为他们甚至为那只不幸的旅鸽单独创造了一个名"媒鸽"。"媒鸽"，就是"告密者"最初的称呼。

人们这么称呼这些可怜的鸟儿，因为其总能招来更多的落网者——这种毫无心肝的称呼，竟来自于最富情感的人类。

1878年，除了密歇根州，美洲已经看不到成群的旅鸽了。人们都清楚这一点，可是密歇根州的枪声从未停止过。这一年，密歇根州人为了6万美元的利润，就在靠近佩托斯基的旅鸽筑巢地，捕杀了300万只旅鸽。两年之后，曾经可以遮盖整个天空的鸽群，只剩数千只了。1914年，第一次世界大战爆发，当人类忙于相互屠杀时，世界上最后一只旅鸽死在了它的鸟笼里。

灰色的后背，似乎还有些发蓝，鲜红的胸脯，像一团火在燃烧，绚丽迷人的玛莎，站在美国华盛顿国家自然历史博物馆的一根树枝上，长长的嘴，尖尖的尾巴，展翅欲飞。可是，它再也不能动，不能吃，不能鸣叫了。

懊丧的美国人为旅鸽立起了纪念碑，上面写着：旅鸽，是因为人类的贪婪和自私而灭绝的。

纪念碑只是一块冰冷的石头。在旅鸽纪念碑下，环境伦理学大师利奥波德哀伤地叹息道："那些在年轻时曾被一阵活生生的风摇动的树仍然活着，但是10年后，只有最老的栎树还记得这些鸟儿，而最后，只有沙丘认识它们。"

感恩寄语

这篇文章可以看做是给地球上曾经生存过的一种动物——旅鸽写的祭文。

俄亥俄州的那个男子，在1900年3月24日这一天，射下了天空中那只最后的野生旅鸽后，这种曾经于一百多年前在北美大陆还生活着大约50亿只的旅鸽从此宣告灭绝。现在仅仅在美国华盛顿国家博物馆的展厅里，放着它们的一只标本：一只旅鸽"玛莎"站在一根树枝上，长长的嘴，尖尖的尾巴，展翅欲飞。标本的明牌上写着：旅鸽种族中的最后一只，死于1914年9月11日。虽然标本栩栩如生，但它却永远告别了蓝天白云。

旅鸽是一种形体较大的候鸟，一百多年前在北美大陆，迁徙时可遮天蔽日，达数天之久，声势蔚为壮观。但是，欧洲人的到来是它们噩梦的开始。人们想尽各种方法屠杀旅鸽，枪杀、炮轰、火烧、放毒、网捕、炸药……最为痛心的是，人们经常为了取乐而猎杀旅鸽，被捕杀的旅鸽不仅供人类自己食用，还用来喂猪。这种令人发指的杀戮过程一直持续了半个世纪。1914年，世界上最后一只旅鸽死在了它的鸟笼里。

旅鸽的灭绝如此迅速，令人难以置信。

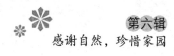

是什么导致了数量庞大的旅鸽的灭绝？美国人满怀忏悔地为旅鸽立起纪念碑，上书："旅鸽，是因为人类的贪婪和自私而灭绝的。"

人，不能为了自己的私欲而无情地剥夺其他生物的生存权利。生存，是生者的权利。